예테보리 쌍쌍바

소설을 읽는 신선하고 즐거운 재미
작가정신의 새로운 소설락小說樂 시리즈

한국 문학계에 새로운 장을 마련해온 '소설향'을 잇는 새로운 한국 소설 시리즈이다. 중견 작가의 웅숭깊은 신작에서 신진 작가의 재기발랄한 달작達作까지 아우르는 다양한 작품들로 영상 매체의 화려하고 극적인 서사를 뛰어넘는 매혹적인 이야기의 힘과 진한 감동이 담겨 있으며 독자들에게는 '소설 읽는 즐거움'을, 한국 문단에는 '신선한 재미'를 선사한다.

예테보리 쌍쌍바

초판 1쇄 발행일 2014년 06월 10일 | **초판 3쇄 발행일** 2018년 4월 25일
지은이 박상 | **펴낸이** 박진숙 | **펴낸곳** 작가정신
편집 김종숙 황민지 | **디자인** 용석재
마케팅 김미숙 | **홍보** 박중혁 | **디지털 콘텐츠** 김영란 | **경영지원** 윤서현
인쇄 한영문화사 | **제본** 경일제책사

주소 (10881) 경기도 파주시 문발로 207
전화 031 955 6230 | **팩스** 031 944 2858
이메일 editor@jakka.co.kr | **블로그** blog.naver.com/jakkapub
페이스북 facebook.com/jakkajungsin | **인스타그램** instagram.com/jakkajungsin

출판등록 1987년 11월 14일 제1–537호

ⓒ 박상, 2014

ISBN 978-89-7288-542-9 04810
　　　978-89-7288-415-6 (세트)

이 도서의 국립중앙도서관 출판시도서목록(CIP)은 서지정보유통지원시스템 홈페이지 (http://seoji.nl.go.kr)와 국가자료공동목록시스템(http://www.nl.go.kr/kolisnet)에서 이용하실 수 있습니다. (CIP제어번호 : CIP2014016331)

예테보리 쌍쌍바

박상 소설

작가
정신

차례

신경 쓰였다. 누군가가 꼬치 따위로 팔꿈치를 쫑쫑 찌르는 느낌이었다. 장난기 섞인 공격성이 느껴졌다.

나는 포장마차에서 혼자 술을 마시며 가만히 한 여자에 대해 사색하는 중이었다. 오늘 저녁, 그녀는 나를 바라보며 뜨거운 박수를 보냈다. 나는 어떻게 해야 할지 몰라 퇴근하자마자 이 포장마차로 달려왔다. 그 박수의 의미는 무엇이었을까.

나는 술을 한 모금 삼켰다. 현실로부터 조금 벗어난 각도에서 현상을 점검하면 의외로 빠르게 이해할 수 있지 않을까 싶어서였다. 하지만 그것을 방해하는 무언가가 있는 것이다.

내 지병인 팔꿈치의 신경통이 점점 심해졌다.

할 수 없이 사색을 위해 접어둔 감각기관을 펼치자 등 뒤에서 한 신호가 감지되었다. 신경을 건드리는 그 신호는 나처럼 혼자 구석에 앉아 있는 사내로부터 비롯된 것이었다. 사십 대 후반으로 보이는 그는 부스스한 헤어스타일에 칙칙한 느낌을 주는 면바지를 입었고, 다리를 떨며 힐끔힐끔 나를 바라보고 있었다.

사내는 우울해 보이지도 괴로워 보이지도 않았다. 자못 비장함이 느껴져 심야의 포장마차보다는 철 지난 홍콩 느와르 영화의 한 장면 속에 있는 것처럼 보였다.

왜 나를 야리지? 혹시 게이? 어깨가 살짝 드러나는 헐렁한 라운드 티셔츠를 입고 있기 때문에 오해를 살 수도 있겠지만 나는 이성애자다. 나는 의자에 걸어둔 밀리터리 재킷을 걸치고 옷깃을 세웠다. 신경을 쓰고 싶지 않아 머릿속을 비우려 했지만 살짝 두통이 밀려왔고 불쑥 두 가지 면에서 짜증이 났다. 혼자 사색하는 게 한참 즐거웠는데 사내의 시선 때문에 깨졌다는 점과 매력적인 여성이 긴 속눈썹을 나풀거리며 나를 지긋이 쳐다봐도 별로 반갑지 않을 판에 빌어먹을 아저씨 따위라는 점 때문이었다.

나는 신경의 스위치를 강제로 꺼버리기 위해 스웨덴의 극사실주의 무협 소설 작가 프레데릭 라르손의 장편소설 『예테보리 쌍쌍바』를 읽어나갔다. 이걸 읽으면 현실 따윈 무시하고 내가 좋아하는 세계 속으로 잠수할 수 있다.

주인공 스벤손은 예테보리란 도시를 배경으로 이백 년간 라이벌 관계인 가문의 에릭손과 이십 년 동안 싸웠으나 승부를 가리지 못한다. 그때 마침 아이스크림 파는 상인이 지나가는데 둘은 그 사람을 불러 쌍쌍바를 사서 나눠 먹으며 긴 투쟁 관계를 청산하고 친구가 된다. 그들이 쌍쌍바를 둘로 쪼개는 동작과 슬그머니 손을 잡으며 미소 짓는 과정은 극도로 세밀하게 묘사되어 있었다. 과연 사람들이 묘사의 달인이라고 감탄할 만한 문장력이었다.

소설에 몰입하며 잔을 비우는데 어쩐지 구석 자리 테이블의 사내가 내가 잔을 비울 때마다 한 잔씩 비우고 있다는 생각이 들었다. 그 생각은 나의 독서를 방해할 만큼 강력한 것이었다.

설마 했는데 내가 다시 한 잔 마시자 사내도 잔을 비웠다. 실제로 말을 걸진 않았지만 저 사내는 내게 술 마시기 시합을 제안하고 있는 것 같았다. 내 오랜 선수 생활이 그 육감을 뒷받침했다.

그만둬. 하고 싶지 않아.

나는 마음을 다독였다. 그러나 모락모락 찐 달걀 같은 호기심이 피어올랐다.

확인해야 하나. 일단 잔에 다시 소주를 채웠다. 만약 또 한 번 저 아저씨가 잔을 비운다면 정말 겨뤄보자는 뜻이다. 나는 한 잔 깔끔하게 털어 넣곤 크웃, 하는 소리를 내며 눈치채지 못할 정도로 슬쩍 구석 자리를 바라보았다. 사내는 즉시 이어서 소주 한 잔을 삼켰다. 사내가 잔을 내려놓으며 쓰윽 나를 쳐다볼 때 잠깐 도전적인 눈빛이 빛나는 걸 읽을 수 있었다.

혹시 선수인가? 나는 휴대폰 액정을 거울 모드로 바꿔 사내를 정밀하게 살폈다. 누울 자리를 보고 다리를 뻗어야 한다는 건 만고의 진리니까. 어떤 사람의 면면은 말보다 많은 정보를 알려준다. 대형마트에서 파는 것 같은 허름한 점퍼는 사내의 고상하지 못한 경제력과 패션 감각을, 거칠고 어두운 피부는 살아온 세월이 그다지 명랑하지 않았음을 알려주었다. 어깨와 팔뚝은 우락부락한 편이었다.

제일 중요한 눈빛을 더 자세히 읽고 싶었으나 내가 관찰한다는 걸 의식했는지 사내는 시선을 소주잔 속으로 떨어뜨려 감추었다.

바람이 불어 포장마차의 그리 밝지 않은 백열등이 흔들리자 사내의 얼굴 주름이 보였다. 굵고 깊은 주름이었다. 미간의 주름이 특히 도드라져 있어 무언가를 꾹 참아야 했던 날이 많았음을 알 수 있었다. 문어 빨판처럼 생긴 입 모양에선 음주에 대한 깊은 관록이 느껴졌다. 그런 남자와 술을 겨뤄볼 마음은 별로 들지 않았다. 내가 사내보다 나은 점이 있다면 아마도 알량한 젊음뿐일 것이다.

그런데 이상하게도 가슴이 제멋대로 뛰었다. 관록과 패기는 항상 팽팽한 접전을 펼친다. 재미있겠는데, 한번 해볼까? 갑자기 승부욕이 샘솟았다. 그리고 흥미를 느끼는 순간 멈출 수 없었다. 나는 낭창한 목소리로 포장마차 주인에게 외쳤다.

"형, 소주 한 병 더."

"광택 씨 내일 출근 안 해?"

"쉬는 날이에요. 더구나 오늘 안주가 너무 예술이라서."

"쳇, 내 안주는 늘 맛있다고."

주인의 충만한 자신감에 동의하며 즐겁게 소주 뚜껑을 따는데 아차, 싶었다. 이렇게 간단히 승부욕에 이끌려도 되는 건가? 내게 승리를 소환할 평정심이 있는가? 개싸움으로 변질되지 않고 깔끔하게 마무리할 수 있는 승부인가? 만약의 경우 승부에 졌을 때의 위치는 치명적인 진창인가, 아닌가?

나는 걱정하면서 살짝 소심해졌다. 구석 자리 사내를 좀 더 관찰했다. 어떤 이유로 혼자 술을 마시는 중인지 알아야 했다. 실연당한 포즈를 취하기엔 나이가 많아 보였고, 회사에서 잘렸다고 보기엔 어디 취직해봤을 것 같지도 않은 면면이었다. 세상과의 승부에서 이긴 적보다는 진 적이 많은 남자 같았다. 승부 자체로부터 소외된 계층일지도 몰랐다. 동네 당구장에서 내기 당구나 치는 게 유일한 승부인 아저씨로 보였다. 그러나 어딘지 모르게 술에 대해서만은 만만치 않은 사람이라는 느낌을 풍겼다. 나는 엉겁결에 소주잔을 휙 비웠고 구석 자리 사내도 잔을 확 비웠다.

해보자는 거지.

세상을 살아가는 대부분의 남자들은 알게 모르게 다양한 경기를 하며 살아간다. 승자와 패자를 감별하기 좋아하고, 넘을 수 없을 것 같은 기록을 깨고, 포기해야만 할 것 같던 승부를 뒤집는 것에 카타르시스를 느낀다. 왜 그런지는 모르겠다. 남자들은 본능적으로 기꺼이 경쟁 속에 투신한다. 나쁠 것도 없다. 남들보다 뛰어난 존재가 되려는 투지만 있다면 잘살 수 있을지도 모르니까.

'누가 누가 술 마시면서 오래 버티나'라는 승부를 하지 말란 법은 없다. 기록 보유자가 누군지는 모르겠지만, 아마 술집 주인들이 미쳐버릴 때까지 시합을 벌인 선수들도 많을 것이다.

단순한 투지와 경쟁이 아니라 자신의 모든 걸 걸고 멋진 승부를 펼치는 사람들을 나는 이렇게 부른다.

선. 수.

사내도 주인에게 소주 한 병을 더 주문했다. 그의 발음은 디스토션 이펙터를 건 일렉트릭 기타처럼 그르렁거렸다. 목소리의 질감으로 봐선 꽤나 내공이 있는 것 같았다.

선수는 선수를 알아본다. 게임을 지배하려는 의지, 그것이 한 번이라도 깃든 적이 있는 목소리. 내가 선수 생활을 하며 숱하게 겪어본 음성들 중 하나다. 쉽지 않은 승부가 될 것 같았다.

다만 그는 나에게 승부를 걸기 전에 이미 술을 어느 정도 마신 것 같았다. 빈 병이 두 개였다. 그럼에도 그가 한 병 더 주문하는 모습은 마치 워밍업을 끝내고 본게임을 시작하려는 프로게이머 같았다. 처음에 관찰한 면면과는 달리 얼굴빛이 변하거나 자세를 흐트리지 않은 모습에서 당당함이 풍겨 나왔다.

문득 시합하기 싫어졌다. 세상엔 고수가 많다. 게다가 이건 핫도그 많이 먹기 대회보다 무식한 짓일 거다.

하지만 난 강력한 도전 앞에서 꼬리를 내린 적이 한 번도 없다. 뭐랄까, 테스토스테론이 그런 짓을 용납하지 않는 느낌이다. 술이라면 누구보다 자신 있었다. 나는 술 앞에서 무너지지 않는 승부 근성과 이를 뒷받침할 젊은 체력과 오랜 선수 생활로 단련된 정신력을 점검했다. 그리고 포장마차 형의 인상을 체크했다. 형은 손님이라곤 남자 둘밖에 없는 새벽 시간에도 날렵한 동작으로 칼질을 하고 있었다. 식재료를 다듬어두려는 것처럼 보였는데 역시 몸짓이 예사롭지 않았다. 나도 군대 취사반에서 칼질 좀 해본 사람이었지만 형에 비하면 유치원생 수준이라고 할 수 있었다. 형의 칼질을 처음 봤을 때 그도 선수 출신이 틀림없다고 직감했었다.

"형, 프로였죠?"

언젠가 넌지시 물었을 때 그는 슬며시 고개를 끄덕였다.

좋다. 형도 선수였으니까 손님들이 처절한 승부를 펼쳐도 이해해주겠지.

도전에 응하기로 했다. 나는 사내를 정면으로 바라보며 동의의 표시로 고개를 끄덕였다. 사내도 보일 듯 말 듯 고개를 끄덕였다.

승부에는 좋은 승부와 나쁜 승부가 있다. 나는 암을 이겨 낸 사이클 선수 랜스 암스트롱의 명승부를 좋아했다. 그것은 인간의 한계와 병마의 정면 승부 중에서 가장 멋진 역전승이었다. 하지만 그가 쟁취해낸 승리들이 약물의 도움을 받은 것임이 밝혀지면서 그는 모든 기록을 박탈당했고 내 마음속의 존경심마저 역전시켜 놓았다. 그것은 곧 나쁜 승부의 예가 되었다. 나는 술을 마시기 전에 음주 보조제나 에너지 드링크 등 어떠한 약물도 취하지 않았다. 따라서 이 승부는 지더라도 정정당당한 좋은 승부다.

해보자.

나는 소주잔을 들었다. 사내가 선제공격하듯 잔을 비웠기 때문이었다. 흥, 초반에 성급하게 행동할수록 경기를 그르치기 쉬운 법이다. 나는 천천히 술을 따른 뒤 잔을 비웠다.

"이보시오, 여기 크라스 하나만 주시오."

갑자기 사내가 그렁그렁 끓는 목소리로 외쳤다. 데스 메탈 밴드의 보컬이었다고 해도 이상하지 않을 목소리였다. 오오, 빠르게 승부를 보시겠다? 그런데 컵도 아니고 글라스도 아니고 크라스라니, 가소롭기 짝이 없다. 대량 흡입 쪽에 자신이 있나 본데, 나 역시 글라스의 세계를 좀 알지. 홀짝홀짝 마시는 것보다 미처 위장이 흡수하지 못할 만큼 많은 양을 삼켜 나중에 기회를 봐서 게워내거나 천천히 소화시키는 스킬. 겨우 그런 무식한 패로 승부를 걸다니. 승부욕이 가소로움에 부르르 떨었다. 나는 사내를 가볍게 이긴 다음 멋진 세리머니를 하고 싶었다.

포장마차 형이 사내에게 컵을 가져다 주는 동안 나는 컵에 담긴 물을 모두 마신 뒤 소주를 반병 따랐다. 술이 차오르는 모습을 보니 속이 조금 울렁거렸다. 근데 내가 왜 이 경기를 해야 할까. 잘 모르겠다. 일단 해보는 거다. 투명한 소주의 영롱함이 컵 속에서 출렁거렸다.

이번 경기에서도 특유의 '스뽀오츠 정신'이 발동될까. 나는 잠시 생각했다. 동시에 단전 부위에서 뿡뿡뿡뿡 하는 진동이 시작되었다. 역동성이란 단어가 눈앞에서 명멸하며 내 마음을 자극했다. 그러나 포장마차에서 혼자 술 마시는 아저씨를 상대로 '스뽀오츠 정신'까지 발휘하고 싶진 않았다. 승부에 대한 역동적인 응전만으로도 눈이 번쩍 뜨이고 피가 뜨거워졌다. 편안히 쉬고 있던 몸의 세포들이 하나하나 일어나 으쓱으쓱 생동하는 느낌이었다.

나는 비강을 좁혀 폐에서 증발하는 알코올 냄새를 흡수해버리지 않도록 호흡을 막은 다음 컵에 가득 따른 술을 홀라당 비웠다.

*

내 인생의 첫 스포츠엔 진입 장벽이 있었다. 당시에는 프로야구 한국 시리즈가 열리고 있었다. 야구광인 삼촌은 일곱 살이었던 내게 야구가 뭔지 보여주겠다며 호기롭게 나를 데리고 경기장으로 나섰다. 엄마가 말렸지만 삼촌은 내가 나중에 선수가 될지 어떻게 아느냐며 설득했다. 경기장에 늦게 도착한 삼촌과 나는 넘치는 인파에 놀라움을 감출 수 없었다. 지금처럼 인터넷 예매 시스템이 없어서 입장권을 사기 위해 줄을 섰는데 줄이 너무 길었다. 아니나 다를까, 삼십 분쯤 지났을 때 매표 창구에 매진 공지가 붙었다. 그러자 갑자기 뒤에 서 있던 사람들이 이게 뭐야? 하면서 무작정 사람들을 밀기 시작했다. 매표 창구로 가려고 밀어봐야 소용없는데 야구에 대한 그들의 욕망은 그런 덧없는 몸짓으로 변환되어 버렸다. 곳곳에서 밀지 말라는 고함과 비명이 터져 나왔다. 사람들의 밀도가 높아지면서 소리들도 높아졌다. 키 작은 꼬꼬마인 나는 사람들의 배에 얼굴이 짓눌려 비명은커녕 숨조차 쉴 수 없었다. 그때 내 옆에 서 있던 남자의 옆구리에서 막걸리 통이 터졌다. 그는 아아 이런, 내 막걸리! 하면서 분통을 터트렸지만 그것조차 사람들의 괴성에 파묻혀버렸다. 이러다간 압사 사고를 당할지도 모른다는 위기감을 느낀 삼촌은 초인적인 힘으로 나를 어깨 위로 끌어올렸다. 목말을 타고 바라본 군중의 광기는 내게 공포심을 불러일으켰다. 여기저기서 새우젓과 순대와 배추 보쌈이 터지는 게 보였다. 표를 내놓으라면서 밀어붙이는 모습은 마치 폭동 일보 직전 같았다. 잠시 후 매표소 유리창이 누군가 던진 소주병에 의해 와장창 깨졌다. 그 소리는 이성을 잃은 통제 불능의 군중들이 내는 소리와 다르지 않았다. 긴장한 삼촌은 사람들에게 밀리면서 바깥쪽으로 빠져나오려 애썼다. 급기야 야구장으로 들어가는 출입문을 뚫기 위해 사람들이 으샤으샤 힘을 주고 있었다. 한 남자는 무협 영화의 한 장면처럼 출입문에 이단 옆차기를 날렸다. 출입문은 꼼짝도 안 했지만 출입문을 지탱하는 가느다란 철제 기둥이 무너지는 건 시간문제였다.

광기에 찬 인파 속에서 탈출하는 데 성공한 삼촌은 선선한 가을 날씨에도 땀범벅이 되어 있었다. 삼촌은 손에 쥔 비닐봉지를 보며 새파래진 얼굴로 말했다.

"김밥이 쥐포처럼 됐다. 하마터면 우리가 이렇게 될 뻔했네."

나는 납작해진 김밥이 아깝지는 않았다. 다만 야구를 못 보게 된 게 아쉬웠다. 그런 와중에도 경기가 시작되었는지 경기장 안에서 주페의 〈경비병 서곡〉 도입부가 울려 퍼지며 사람들의 환호성이 터져 나왔다. 조명 탑이 그 안쪽을 환하게 비추고 있었다. 삼촌과 내가 서 있는 바깥쪽은 캄캄하고 초라하게 느껴졌다. 그때 어떤 아저씨가 삼촌에게 말을 걸었다.

"암표 있시요."

나는 암표가 뭔지 몰랐지만 표, 라는 단어에 집중하며 눈빛을 빛냈고 삼촌은 손과 고개를 동시에 저었다. 이윽고 삼촌 뒤에 서 있던 사람들이 그 표를 사고는 환한 표정으로 경기장 쪽으로 달려갔다. 야구가 너무 보고 싶었던 나는 삼촌에게 왜 저 사람들처럼 표를 사지 않느냐고 물었다.

"값이 다섯 배야. 옳지 않아."

삼촌은 단호했다. 부당함에 저항하거나, 그만한 돈이 없었거나 둘 중 하나였을 것이다. 뭐가 됐든 나는 그날 야구 시합을 못 봤다. 내가 응원하려던 팀은 그해 한국 시리즈에서 4전 전패를 기록한 뒤 오키나와로 지옥 훈련을 떠났다.

그 일이 있고 십 몇 년이 지난 뒤, 대한민국 고등학생의 절반 이상이 한 번씩은 죽어라 매달리는 대학 입시 경기가 열리는 날, 나는 그와 유사한 절망감을 다시 느꼈다. 모두가 대학에 들어가려고 안달이었고 나도 그 사이에 끼어 납작해져 있었다.

"이건 너희들 개개인에게 정말 중요한 경기다. 야구로 치면 한국 시리즈랑 똑같다. 반드시 이겨야 한다."

야구광인 담임선생이 말했다. 고사장으로 향하던 날에는 마른하늘에서 천둥 번개가 쾅쾅 쳐댔다. 마치 성난 군중의 고함 소리 같았다. 나는 고사장으로 가는 도중에 하마터면 낙뢰를 맞을 뻔했다. 마른하늘에 날벼락이라는 말의 본질을 목도한 것이었다. 다행히도 그 번개는 눈앞의 가로수에 떨어졌는데, 모든 것을 압도적으로 이길 만큼 아름다웠다. 눈이 멀어버릴 만큼 벌겋게 선을 그으며 타오르던 섬광을 보며 나는 무언가를 느껴버렸다.

남들과 똑같은 건 싫다.

번개를 맞을 뻔했기 때문이 아니라, 번개가 치는 동시에 내 안에 숨어 있던 기억이 깜짝 놀라 번쩍 고개를 든 것에 가까웠다.

나는 그 경기에서 진입 장벽을 느꼈다.

사람들은 종종걸음으로 고사장을 향해가고 있었다. 벼락

을 맞을 뻔한 한 수험생의 안위를 걱정할 만큼 한가해 보이는 놈은 하나도 없었다. 나는 호흡을 되찾는 대로 고사장 반대 방향으로 뒤돌아섰다.

그렇게 학력고사 경기에 출전하지 않게 되었다. 후회는 없었다. 내 모의고사 성적은 전국 십일만 구천삼백 명 중에 십만 팔천이백 등. 최하위권으로 분류되는 성적이었다. 머리는 좋은데 공부를 안 하는 유형도 아니고 대가리가 빠가라서 성적이 안 나오는 유형도 아니었다. 아는 문제는 틀린 답을 쓰고 모르는 문제는 가급적 오답일 것 같은 걸로 찍는 이상한 유형이었다. 왜 그래야 했냐면 십만여 명의 학생들이 그놈의 말도 안 되는 문제를 풀겠다고 눈이 시뻘개져서 바글거리고 있는데 그 사이를 헤집고 들어가 붙어볼 승부욕이 생기지 않았기 때문이다. 뭐랄까, 그건 별로 재미도 없었고 조금도 역동적이지 않았다. 어릴 적 야구장에서 본 것처럼 표가 없는데 들어가겠다고 광기를 부리는 군중 같기만 했다. 그 안에 들어가봤자 내 인생이 전패하는 모습을 볼 것 같았다. 더 나쁘게 말하면 아무 생각 없이 남들 하는 대로 꾸역꾸역 승부

의 장에 밀려들어 온 닭싸움에 끼기 싫었다. 그 와중에 누군
가는 비싼 암표를 사서 유유히 입장한다. 그건 페어플레이가
아니다. 같이 노는 패거리 중에 놀 거 다 놀면서 성적이 쑥쑥
오르는 녀석들이 있었는데 대개는 집이 부자여서 심한 박탈
감을 느꼈다. 그것도 기본적인 대가리가 받쳐줘야 하겠지만
사교육이라는 암표를 사서 입장하는 것과 다를 바 없다고 생
각했다.

　뭐가 됐든 내 생각에 대학 입시는 재미있는 승부도 아니고
공평한 승부도 아니었다.

　"왜 이렇게 일찍 왔니? 시험은?"

　어머니는 내가 집에 돌아오자 깜짝 놀라 씹고 있던 엿을
뱉어냈다.

　"안 쳤어요."

　"왜?"

　"번개가 쳐서요."

　"무슨 마른하늘에 날벼락 같은 소리니."

　어머니는 나를 보며 경기에 기권한 선수의 코치처럼 슬퍼

했다. 아버지는 퇴근하고 돌아와 식사를 하다 내가 출전하지 않았다는 소식을 듣고 밥상을 엎었다.

"뭣이! 뭘 잘못 먹은 거야? 왜 갑자기 돌아버렸어?"

아버지는 마치 뭔가 잘못 먹은 사람처럼, 갑자기 돌아버린 사람처럼 행동했다.

한계를 극복하기도 싫고 재미도 없어서 빈둥거리던 나는 그렇게 최종 학력에 고졸을 찍은 걸로 만족했다. 학력 같은 소리하네. 맞으면서 푸는 문제에 무슨 진정한 배움의 힘이 있다고.

그리고 며칠 지나지 않아 먹고살아야 한다는 껄끄러운 문제를 소개받았다. 내가 대학 입시 경기를 포기하는 순간 부모님도 자녀 부양이라는, 길고 지루하고 개떡 같고 배신당할 확률이 높은 경기를 포기했기 때문이었다.

"이제 네 밥은 네가 벌어먹어. 이 배은망덕한 웬수야."

그 말은 액면 그대로 집에서의 방출을 의미하기도 했지만 세상이 오키나와 지옥 훈련처럼 험난하다는 걸 깨달은 뒤 재수를 하도록 유도하기 위한 협박인지도 몰랐다.

하지만 나는 이제 다 컸다고 생각했기 때문에 순순히 돈을 벌기로 했다. 아버지는 승부욕이 없는 건지, 특색도 없고 재미도 없는 집안을 만들어놓았다. 일찌감치 내 손으로 재미있게 만드는 것도 나쁘지 않을 것 같았다. 걸핏하면 성적이 떨어졌다고 때리기나 하는 비상식적인 학교를 졸업했으니 일단 좀 자유롭게 놀고 싶었지만 먹고사는 문제는 당장 해결하지 않으면 바보가 되는 게 상식이었다. 부모님은 그날부터 밥을 먹을 때마다 내게 엄청난 눈치를 줬다. 하루는 자기들끼리만 먹으면서 등을 돌리기까지 했다. 내가 입시를 포기한 데 대한 부모님의 상심이 그만큼 클 줄은 몰랐다.

하지만 나는 현실에 지고 싶지 않았다. 또래 친구들은 대학이나 재수 학원이나 나이트클럽에 갔지만 나는 일자리를 알아보러 돌아다녔다. 할 만한 아르바이트는 많았지만 나는 개나 소나 타조나 닭이나 다 하는 건 재미가 없다는 생각으로 흥미로운 일자리를 찾아다녔다. 그 생각이 낙뢰와 함께 깃들었는지도 모르겠다. 개나 소나 타조나 닭이나 길 가다가 날벼락을 목도하진 않을 테니까.

내가 정한 내 인생의 첫 경기 종목은 세차였다. 전봇대에 붙은 구인 광고에서 흥미로운 문구를 발견했기 때문이었다.

선수 모집: 초고속 손 세차장. 숙식 제공. 능력에 따른 연봉 협상

선수 모집? 그 글귀는 퍽 감각적인 어법으로 나의 뇌리를 스쳤다. 특히 프로야구 선수들처럼 연봉 협상을 한다는 말이 마음을 사로잡았다.

나는 구인 광고를 낸 세차장 사장 이원식 씨를 만났다. 그는 깔끔한 수트 차림에 강직한 얼굴을 가진 삼십 대 남자였다. 키가 훤칠한 데다 떡대도 좋았고, 반경 오십 센티미터 내에 있는 공기를 살짝 짓누르는 포스가 있었다. 면접을 보러 갔을 때 그는 형형한 눈빛으로 나를 스캔하더니 설핏 쪼개며 말했다.

"신광택. 이름부터가 이 분야에서 크게 될 놈인 것 같군."

"제가 무슨 일을 하게 되는데요?"

이원식 씨는 손가락 하나를 천천히 들어 창밖을 가리켰다.

"봐라. 선배들의 저 아름다운 동작을."

창밖으로 시선을 옮기자 세차원들이 작업복을 입고 차에

달라붙어 걸레질을 하고 있었다. 자동차 오너들의 시종 같을 뿐 아름답게 보이진 않았다.

"저분들이 선수인가요? 그냥 세차하는 사람들 같은데요."

"인마! 선수와 일반인은 움직임이 달라!"

이원식 씨는 갑자기 깜짝 놀랄 만큼 목소리를 높였다.

유심히 보지 않을 땐 몰랐는데 그 말을 듣고 가만히 보니 동작 하나하나가 군더더기 없이 유려하게 연결되는 것처럼 보였다. 팔을 최대한 길게, 그리고 걸레를 조금이라도 더 넓게 밀착시키는 데 주력하면서 마치 차의 더러움과 치열한 논쟁을 벌이고 있는 것 같은 모습이었다. 선수들의 움직임이 뭔지는 잘 모르겠지만 이원식 씨의 말대로 얼핏 아름다워 보이기까지 했다.

"아, 아름다워 보이네요."

내가 그렇게 표현하자 이원식 씨가 슬쩍 미소를 머금었다.

"고 삼 졸업반 나이로군. 대학은 일찌감치 포기한 거지?"

"다들 가는데 저까지 꼭 가야 하나 싶어서요."

"공부를 못했나?"

"아니, 그냥 스타일이 안 맞아서요."

"이봐, 다들 열심히 매달리는 문제를 스타일, 같은 확실하지 않은 단어로 간단히 무시해선 안 되지. 그런다고 자네가 높아지는 게 아니야. 안 그래? 그렇지만 내 눈에도 자네가 닭대가리라서 입시를 포기한 걸론 안 보여. 난 홍채를 인식해서 그 사람의 됨됨이를 파악할 줄 알거든. 자넨 열정과 승부 근성과 참을성이 내포된 깊은 눈빛을 갖고 있어. 그리고 입시를 포기한 걸 전혀 후회하고 있지 않다는 것도 읽혀. 그냥 대충 먹고살려고 내가 붙인 구인 광고에 이끌린 놈은 아닐 거란 말이지. 적어도 선수 모집이라는 말에 흥미를 느꼈을 거야. 안 그래? 일찌감치 다른 종목을 찾은 건 잘한 일이라고 생각해. 그래, 자네 말대로 누구에게나 자기 스타일에 맞는 경기가 있어. 거기에 계급 같은 건 없지. 부당함도 없어. 어울리지 않는 짓을 하는 멍청한 놈들이 너무 많아서 그들을 분류하려고 어쩔 수 없이 이 사회에 계급이 적용되는 거야. 안 그래?"

아, 이 아저씨 말 되게 많네. 장황한 말을 다 알아들을 수 없어서 나는 안 그래? 할 때마다 그냥 고개만 끄덕거려 주었다.

"그러니 여기서 열심히 경기하면서 스뽀오츠 정신을 함양하면 인생이 재미가 있든지, 의미가 있든지 할 거야."

나는 이원식 씨가 힘줘 말한 것 중에 몇몇 단어가 마음에 들었다.

스뽀오츠 정신. 인생의 재미, 의미.

그렇게 나는 세차장에 채용되었다. 내 인생의 첫 단추가 세차였던 건 아버지와 달리 강해 보이는 사장의 외모와 장황한 개똥철학과 안 그래? 할 때의 거부할 수 없는 포스와 다른 세차 선수들의 몸짓에서 느낀 아름다움 때문이었다고 볼 수 있었다. 그중에서 선수들의 몸짓이 가장 매혹적이었다. 보고 있으면 뭔가 후끈 달아오르는 기분이었다. 나도 뛰어들어 선수들처럼 움직이고 싶어지는 것이었다.

다만 세차장 취업과 동시에 고등학교 삼 년 내내 사귄 첫사랑 현희가 떠나버렸다. 현희는 엄마 절친의 딸로 나와 동갑내기였다. 그 아이를 처음 본 건 여고 동창이던 현희 엄마와 우리 엄마가 이웃 주민이 된 기념으로 아바(Abba)의 노래를 들으며 파티를 벌인 날이었다.

"너희들도 서로 친하게 지내렴."

내 인생에 처음으로 행운이 깃든 순간이었다. 현희는 내게
호기심 가득한 동그란 눈을 하고 다가오더니 살짝 웃었다.
형식적이지도 가볍지도 않았고 차분한 인성이 묻어나는 아
름다운 미소였다. 나는 그 미소에 사로잡혔다. 그녀는 구겨
진 영어 시험지를 꺼냈다. 독해 문제 단 하나만 틀려 있었다.

"이 문제 답이 뭔지 알아?"

나는 그녀가 세상의 어떤 악기들보다 아름다운 목소리를
가졌다고 생각했고, 그녀의 아름다움부터 독해하고 싶었다.
답은 어려워서 몰랐다.

"모르겠는데."

"공부 못해?"

"사실 난 파티 중엔 문제를 풀지 않아. 오랜 습관이지."

사실 문제가 보이지도 않았다. 심장이 너무 빨리 뛰면 뇌
가 멈춘다는 걸 그때 알았다. 나는 사이다를 마시려다 입가
에 흘렸다.

"키만 컸지 허당이네."

그녀는 그렇게 말했지만 내게 다시 갸름한 미소를 지어 보였다. 나를 싫어하진 않는 것 같았다. 나도 그녀에게 관심을 내밀었다. 급하게 멘트를 날리느라 발음이 조금 어설펐다.

"너 참 이뽕이다."

"이뽕이? 그 발음 좀 귀여운데."

"뽕뽕뽕."

우리는 그 뒤로 엄마들 덕분에 자주 보게 되었다. 그녀와 나는 공부도 함께했고, 손잡고 학교에 가는 연인 사이가 되었다. 아마 우리는 '얼레리꼴레리'라는 말을 듣는 횟수의 세계 기록을 가볍게 갱신했을 것이다.

아무튼 그녀는 입시를 치렀고 대학에 합격했다. 우리는 합격을 축하하기 위해 그녀가 좋아하는 루콜라 범벅 파스타를 먹은 다음 음악이 흐르는 커피숍에 앉았다. 현희는 카푸치노, 나는 핫초코를 주문했다. 그녀가 대뜸 한숨을 내쉬었다.

"휴우. 이제 넌 세차원, 난 대학생이네."

"나는 사회인, 너는 학생. 열심히 하면 다 잘될 거야."

"왜? 그걸 왜 열심히 해야 해?"

현희는 망설이듯 단추를 만지작거리다 내가 눈썹을 추켜 올리자 말을 이었다.

"미안하지만 세차 말이야."

나는 조금 더워서 앞 단추 한 개를 풀며 대답했다.

"직업의 세계이자 승부의 세계니까."

"직업? 승부?"

"혹시 직업에 귀천이 있다고 생각하는 건 아니겠지?"

"아니, 승부란 말을 이해할 수 없어서 그래."

"바보로구나. 남자에겐 인생이 승부고 승부가 곧 인생이란다."

"자기 앞날을 모르는 게 바보 아냐?"

"어렵다. 갑자기 앞날이라는 맥락이 왜 나오지?"

"언젠가 시간이 한참 흐른 뒤 지금의 선택을 되돌아볼 때의 관점에서 생각해보자는 얘기야."

"그걸 왜 지금 해야 하지? 오늘은 그냥 합격을 축하하고 싶은데."

현희는 카푸치노 거품과 싸우는 듯 커피를 세차게 휘휘 저으며 한참 침묵했다. 난 그 침묵을 깨고 싶지 않았다. 이윽고 승부욕이 떨어진 듯 그녀가 말했다.

"지금 나오는 노래 알아?"

"글쎄, 누구더라? 조용필인가?"

"아바야. 넌 항상 답을 모르는구나."

그리고 그녀는 또 한참 침묵하며 커피를 저었다. 나는 할 수 없이 핫초코를 연거푸 마셨다.

"헤어지자. 이제 우린 같은 방향으로 가기 틀렸어."

현희가 그렇게 말했을 때 나는 한 모금 남은 핫초코를 입가에 주르륵 흘렸다. 헤어지자는 말은 참 뜨겁고 수습하기 어려웠다.

이별은 그런 느낌이었다. 뜨겁고 수습하기 어려운 것. 마치 사랑과 마찬가지구나, 싶었다. 그런데 그녀와 헤어진 뒤 한 삼 일쯤 똥도 못 싸다 벌떡 일어나 생각해보니 세차원과 여대생이란 좀 삼류 영화 제목 같은 조합이었다. 그녀가 말한 미래, 희망, 관점, 성장이라는 단어가 오랫동안 머릿속을 맴돌아서 나는 계속 똥을 못 쌌다. 일주일째 끙끙거리던 나는 인생의 승부에서 보란 듯이 성공한 뒤에 다시 현희를 만나라라는 막연한 희망을 가지고 변비의 고통에서 탈출했다.
물론 관장약의 도움도 필요했다.

하지만 그 후 세상에서 그녀보다 아름다운 존재는 없다는
생각이 매일매일 나를 괴롭혔고, 후회막심한 기분이 들었다.
그녀와 있으면 대부분의 것들이 아름다워 보였다. 골목, 커
피숍, 도서관, 헌책방은 물론이고 양말, 팬티까지도. 나는 현
희와 헤어질 때 마지막으로 물었었다.

"이뿡이는 뭐가 되고 싶어?"

"아름다운 사람."

"그건 이미 이루었잖아."

"쭉 아름답게 살고 싶어."

아름다움이 꿈이 될 수 있을까. 그것이 인생을 지탱하는
주요 물질일까. 여자들은 아름다움이 부족하면 인생을 버티
기가 힘든 걸까.

아닌 게 아니라 당장 현희가 곁에 없자 나 자신이 너무 초
라하게 느껴졌다. 이게 빌어먹을 남자의 특성인가. 남자는
원빈이 아닌 이상 스스로 아름다울 수 없는 것이었다. 첫사
랑이라는 아름다움을 잃어버린 나는 아름다운 게 주변에 하

나도 없는 인생은 아무 의미가 없다는 상심에 사로잡혔다.

　대신 승부욕이 더 강해졌다. 나는 세차 선수로 데뷔하자마자 이 악물고 일에만 매진해서 금세 기술을 익혔다. 세차에 소질이 있거나 실연의 상처가 너무 크거나 둘 중 하나였다.

　이원식 씨는 틈만 나면 스뽀오츠 정신을 발휘하라고 내게 충고했다. 그게 무엇이며, 어떻게 발휘하는 건지는 알 수 없었다. 하지만 몇 달 동안 같은 동작을 반복하고, 밥 먹고 세차만 했더니 차 한대를 말끔히 닦는 시간이 육 분 몇 초밖에 걸리지 않는 선수가 되어 있었다.

　"광택이 이놈 진짜 물건이네."

　이원식 씨는 내 어깨를 탕탕 두드리며 실력을 칭찬했다.

　"하고 싶은 걸 하는 건 처음입니다."

　"그래, 그거야. 네게 드디어 스뽀오츠 정신이 생기기 시작한 거야."

　이원식 씨는 스포츠가 아니라 스뽀―오츠 하고, 가운데 발음을 특이하게 늘였다. 일반적인 '스포츠 정신'과 구분하기 위해서 그렇게 발음한다고 했다. 내게 그 스뽀오츠 정신이 생겼다는 말은 잘 이해할 수 없었지만 뭔가 다른 단계에 진입한 기분이긴 했다.

"넌 일반인 수준을 극복하기 시작했어. 그게 바로 스뽀오츠 정신의 발단이지. 네가 선수라는 걸 한시도 잊어선 안 돼. 잊는 순간 스뽀오츠 정신은 소멸되어 버려."

어떤 분야에서든 잘한다는 소리를 듣는 건 희망적인 일일지도 모른다고 생각했다. 솔직히 재미도 있었다. 내가 일하면 차가 깨끗해지면서 영롱한 광택이 난다. 손님들은 수고 많았다며 기분 좋게 돈을 내고 웃으면서 나간다. 또한 차를 닦는 속도의 신기록과 신체의 한계에 도전하는 재미는 테스토스테론을 자극하는 가치라고 생각되었다.

나는 곧 스뽀오츠 정신이란 게 무엇인지도 생활에서 체감하게 되었다. 지하철 계단을 걸어서도 힘들게 오르던 걸, '나는 계단 오르기 선수다' 하는 생각을 가지고 빠르게 뛰어오르면 호흡이 흐트러지지 않았다. 스뽀오츠 정신을 발휘하면 깊숙한 이대 입구 지하철역에서 계단을 이용해 끝까지 올라가도 숨이 차지 않았다. 신비한 체험이었다. 딸기잼 뚜껑이 안 따질 때도 뚜껑 열기 선수라고 생각하고 힘을 끌어올리면 손에 강한 에너지가 생기면서 금방 열려버리는 것이었다. 이 것이 마인드컨트롤의 신비인지 그냥 내 팔다리 힘이 육체노동으로 세진 건지는 정확히 알 수 없었지만 스뽀오츠 정신이란 게 진짜 존재한다고 믿기로 했다.

그러나 내 스뽀오츠 정신은 꼬꼬마 딱지치기 단계였다. 쓰고 싶을 때마다 백 퍼센트 발동되진 않았다. 거의 십 퍼센트의 확률도 안 되는 것 같았다. 선수라고 생각하면 다른 힘이 생겼지만 순간적일 뿐, 지속할 수 없었다. 그런 것으로 세차 신기록을 세우는 데는 한계가 있었다. 나는 이원식 씨에게 보충수업을 들었다.

"어떻게 하면 스뽀오츠 정신을 잘 발휘할 수 있습니까?"

"좋은 질문이야. 스뽀오츠 정신이란 인간의 몸과 마음이 가진 한계를 살짝 넘어서게 해주는 기법, 아니 현상이라 할 수 있어. 그 스뽀오츠 정신이 강해질수록 현실의 한계를 우롱하는 범위도 확장되는 거지. 혹시 알아? 스뽀오츠 정신의 궁극에 달하면 인간이 추해지거나 병들지 않을지도. 추해지거나 병든다는 것도 인간이 극복해야 할 한계 아니겠나."

더 알 수 없어졌다. 이원식 씨는 무협 소설을 너무 많이 본 것 같았다. 사무실 책꽂이에는 프레데릭 라르손의 전집이 꽂혀 있었다. 그 책들이 의심스러웠다.

"그러니까 그걸 어떻게 키우고, 어떻게 쓰는 거냐고요."

"말귀가 어둡군. 한계에 도전하는 의지, 한계를 무시하는 의식, 뭐 그런 걸 가지면 키울 수 있고, 레벨이 높아지면 원하는 순간에 발동할 수 있을 거야."

"사장님은 되나요?"

"마, 내가 이 이론을 발견했어."

이원식 씨는 이론가나 몽상가로 보였다. 하지만 그가 말한 한계에 도전하라는 관념적인 말을 구체적인 것으로 바꿔보고 싶었다. 그래서 나는 잠이 많은 게 한계니까 일단 그걸 줄이는 연습부터 했다. 하루에 네 시간만 자면서 졸음의 한계를 참는 것이었다. 그리고 나머지 시간엔 근력의 한계, 순발력의 한계, 지구력의 한계를 의식적으로 넘나드는 운동을 했다. 팔다리의 근력이 늘자 빠른 걸레질이 가능했고, 요가를 병행하자 상당한 유연성이 생겼고, 식습관을 개선해 몸을 가볍게 만들자 순발력이 높아졌다. 그리고 멘탈을 조절했다. 세차는 대표적인 멘탈 스포츠였다. 거만하게 자동차 키를 던지며 하인 대하듯 지랄하는 손님들에게 심리적 데미지를 입지 않을 돌부처 같은 포용력을 가지고 있어야 했다. 거기에 더해서 강한 인내심도 필요했다.

나는 그 모든 훈련을 꾸준히 해냈다. 술도 담배도 입에 대지 않았음은 말할 것도 없다. 다만 그렇게 한다고 해서 스뽀오츠 정신이 잘 신장되고 있는 건지는 체크해볼 방법이 없었다.

그러던 어느 날이었다. 전국의 세차 선수들 중에 차를 가장 빨리 닦은 속주 세차리스트의 기록은 2,000cc급 중형차 기준으로 사 분 사십육 초였다. 팔이 다섯 개가 아닌 한 마(魔)의 오 분 벽을 넘지 못한다고 했는데 훌쩍 넘어선 괴물이 존재하는 것이다.

그 괴물 같은 기록 보유자가 바로 나 신광택이다.

자랑 같지만 자랑이다.

내가 아무도 깬 적 없다는 오 분의 벽을 넘어선 때는 비가 내릴 것 같은 어느 날 아침이었고, 세차 선수가 된 지 다섯 달이 된 날이었다. 이원식 씨는 보름에 한 번씩 선수들의 기록을 쟀다.

그때까지 내 기록은 겨우 오 분 삼십 초였다. 일반인에 비하면 놀랄 만큼 빠른 편이었지만 선수와 일반인을 비교한다는 것 자체가 웃긴 얘기다. 밥 먹고 한 가지 일만 하는 선수를 일반인은 이길 수 없다. 세차가 그저 노동일 뿐이라고 생각하면 노동 중에도 중노동에 속하겠지만 훌륭한 세차 선수로 뛴다고 생각하면 하루하루 발전하는 보람이 있었다.

내 신체 리듬이 흐린 날에 맞는 건지 모르겠지만 컨디션이 아주 좋았다. 준비운동을 하는데 몸이 가볍다는 느낌을 받았고, 걸레를 짤 때도 힘이 잘 들어갔다. 한번 기록에 도전해보고 싶었다. 지저분한 자동차 세 대가 나란히 세차를 기다리는 상황이 벌어지자, 나와 경쟁하는 속주 세차리스트 두 명이 각자 하나씩 자동차에 달라붙었다. 경쟁자들 역시 세차장 사장이 키우는 유망주들이었다. 놈들의 눈빛은 불타오르고 있었다. 경쟁이란, 인간이 하는 모든 일들을 의미 있게 만들

수는 없어도 최소한 재미있게 만든다는 걸 그때 알았다.

이원식 씨가 스톱워치를 들고 등장했다.

"프로다운 기량, 깔끔한 승부. 자, 시작해볼까?"

그가 스톱워치를 누르며 들고 있던 팔을 힘차게 내렸다. 이원식 씨는 모종의 기대감을 뺨 한구석에 알사탕처럼 물고 있었다.

나는 우선 기름을 양면으로 잘 먹여놓은 초강력 먼지떨이로 자동차 표면의 먼지들을 말끔히 떨어내버렸다. 상모 돌리듯 스텝을 회전시키며 차를 한 바퀴 도는 동작이었다. 양면 먼지떨이도 손아귀의 움직임에 따라 멋지게 회전했다. 일을 배운 지 삼 개월쯤 되었을 때 동갑내기이자 세차 선배인 수광이 소주 한 병 마시고 취해서 나에게 털어놓고 만 궁극의 회전 털기 스킬이었다. 다음 날 수광은 내게 알려준 걸 기억하지 못했지만 쏠쏠한 기술이었다. 내겐 하나라도 더 배워 내 것으로 만들려는 일념이 있었다. 수광이 자기 기술을 함부로 쓴다며 멱살을 잡고 항의했을 때 나는 녹취 파일을 들려주었다. 준비성이 좋았던 덕분에 로열티를 내지 않아도 되었다. 모든 괜찮은 건 모방에서 시작하는 것이다.

그다음 나는 재빨리 물걸레를 짠 뒤, 가능한 한 많은 면이 닿도록 팔꿈치 아래쪽까지 걸레를 밀착시킨 채 차를 닦아나 갔다. 이건 내가 터득한 방법이었다. 자동차의 때가 한쪽으로 몰린다거나 물때가 남는다거나 하는 오류를 수정한 것이면서도 훨씬 빠르고 정교했다.

이것이 내가 개발한 전매특허 팔꿈치 주법이다. 내 허락 없이 팔꿈치까지 걸레를 붙여 세차를 하면 이 바닥에선 저작권법 위반으로 내게 라면을 사야 한다.

나는 순식간에 외장을 모두 닦고 휠과 타이어에 물을 끼없는 동시에 수세미로 깔끔하게 도시의 땟자국들을 제거해 냈다. 그리고 양손에 왁스 스펀지와 마른걸레를 들고 마구 휘둘러 차체에 광을 내주었다. 세차 경기의 보람은 그런 깔끔한 마무리에 있었다.

"뭐야, 이 미친놈은!"

수광이 내 속도를 보며 입을 벌렸다. 봐줄 이유가 없었다. 나는 구질구질한 인생에 오묘한 광택을 내고 있는 거다. 멋진 존재가 되려면 멋지게 빛나야 한다.

그리고 이원식 씨를 보며 외쳤다. 유일하게 반말을 할 수 있는 순간이었다.

"끝냈다!"

이원식 씨는 반사적으로 스톱워치를 눌렀다.

다른 선수들은 차를 닦던 동작 그대로 멈춰 나를 경이로운 시선으로 바라보았다. 아무래도 좋은 기록이 나왔을 것 같았다. 이원식 씨가 아귀만 한 입을 평소보다 더 크게 벌리며 말했다.

"워어, 어떤 녀석이 오 분 벽을 깰 수 없다고 했냐? 놀라 자빠지겠네! 우리 광택이 기록은 무려 사 분 오십칠 초다!"

아, 드디어 내가 마의 오 분 벽을 깬 것이었다. 그날은 최선을 다해 차를 닦고도 힘이 남아 있을 만큼 컨디션이 훌륭했다. 이원식 씨의 이론이 몽상에 불과한 게 아니었다. 나의 놀라운 기록 달성에 모두가 잠깐 얼어 있었다. 그리고 정신이 들자 내게 달려오기 시작했다.

나는 달려오는 이원식 씨와 동료들의 함박 축하를 받았다. 수광이 제일 먼저 바보 같은 표정을 지으며 나를 끌어안았다. 나는 승자의 미소를 머금고 어퍼컷 세리머니를 다섯 번이나 펼쳤다. 뭔지 모르겠지만, 인생의 한계를 한 단계 넘어서버린 것 같다는 감정이 가슴속에서 뜨겁게 쿵쾅거렸다.

그런데 갑자기 우중충했던 하늘에서 비가 떨어져 내리기 시작했다.

"이게 뭐야, 빨리 천막 쳐!"

이원식 씨가 소리를 질렀다. 나는 기록을 세운 차가 비에 젖어버릴까 봐 천막을 치러 달려가다 벽에 얼굴을 부닥쳤다. 이때 반동으로 몸이 튕겨 나왔는데, 물이 가득 든 누군가의 물통에 오금이 걸려 공중에 붕 떴다. 지저분한 세차장 바닥이 얼굴 쪽으로 다가왔다. 그때 반사적으로 몸을 돌리며 손으로 바닥을 짚었는데 체중이 거의 팔꿈치에 쏠렸다. 팔꿈치에 짜릿한 통증이 느껴졌다. 나는 팔을 감싸 쥐며 나동그라졌고 깨끗이 닦아놓은 차는 그대로 소나기를 맞고 있었다. 입술에 떨어지는 빗물의 맛이 텁텁했다.

하늘이 내 기록을 시기하나? 팔이 아픈 와중에도 그런 생각이 들었다. 사장과 동료들이 천막 치는 걸 포기하고 나에게 우르르 달려왔다.

"광택아! 괜찮냐? 안 다쳤어?"

스타일리스트 감독이 만든 영화의 한 장면처럼 동료들의

얼굴 위로 비가 죽죽 그어졌다. 그들은 이미 머리와 옷이 젖은 채 바닥에 나자빠진 나를 일으켜 세우려 애썼다. 개뿔, 동료애 같은 게 느껴졌다.

나는 팔꿈치의 통증 때문에 인상을 꼬깃꼬깃 구기면서도 괜찮다고 말하며 이원식 씨와 동료들을 안심시켰다. 그러나 그들 중에 내 부상을 진심으로 염려하는 표정을 지은 사람은 이원식 씨와 수광뿐이었다. 기량이 한참 떨어지는 경쟁자들은 가식적으로 보였다. 속으로 나의 부상을 고소해하는지도 몰랐다. 나는 기운을 냈다.

"괜찮아요, 괜찮아. 아이, 쪽팔려."

하지만 괜찮지 않았다. 닦아놓은 차 위에 떨어지는 비는 기껏 끌어올린 기운을 빠지게 했다. 더러운 도시의 더러운 빗물들은 더러운 자국을 남기고 끝내, 기분마저 더럽혔다.

비는 오후까지 계속 이어졌다. 나는 사무실에 앉아 오른팔을 계속 주물러댔으나 팔꿈치 통증이 쉽게 완화되지는 않았다.

"왜 비가 오고 지랄이야? 광택이가 기록 깬 날에."

이원식 씨는 줄담배를 피우며 짜증을 냈다.

나는 샤워장을 겸하는 세차장 화장실로 가서 차가운 물에 팔꿈치를 오랫동안 담그고 있었다. 통증이 조금 경감되었지만 사라지지는 않았다.

비는 오후 늦게서야 그쳤다. 팔꿈치 통증은 오후에도 그치지 않았다.

비를 맞아버린 자동차들을 다시 닦으려고 걸레를 팔꿈치까지 밀착시키고 반원을 그리는데, 팔꿈치에 힘센 뱀 한 마리가 매달려 있는 듯했다. 다른 선수들은 힘차게 걸레질을 하고 있었다. 경기나 기록보다 중요한 건 일이다. 나는 아나콘다에 물린 것 같은 고통을 털어내려 팔을 자꾸 주무르다 사장이 다가오는 걸 보고 급히 걸레질을 시작했다.

"너 괜찮지? 차 닦을 수 있지?"

"그럼요."

사실 그러기를 간곡히 바라면서 나는 대답했다. 그러나 차를 닦으면 팔이 계속 아팠다. 적어도 나는 페어플레이를 했다. 꼼수를 쓰거나 눈속임을 하지 않았다. 그런데 왜 내게 이런 일이 생긴 건지 알 수 없었다. 기록을 떠나, 세차하는 선수가 세차조차도 할 수 없게 된다는 건 곤란한 일이다. 차를 닦지 않고 월급을 받을 수는 없지 않은가.

나는 하는 수 없이 속도가 느리고 물때가 많이 남는 손목 주법을 사용해서 자동차를 닦아나갔다. 기본 매뉴얼인 데다 손목만 비틀듯이 흔들어주면 되는 방법이라서 팔꿈치에는 무리가 가지 않았다. 그렇지만 육 분대 기록을 보유한, 나보다 훨씬 못 닦던 다른 두 놈은 내가 겨우 한 대를 끝냈을 때 자신만의 방식으로 속도를 내며 이미 다른 자동차를 닦고 있었다.

안 되겠네, 이거.

입가에서 침이 흘러내리고 있었다. 아픈 건 둘째치고 쪽팔렸다. 다시 이를 악물고 나의 신기술 팔꿈치 주법을 시작해보려 했지만 통증은 막무가내로 팔꿈치에 매달려 있었다.

날이 개자 많은 차들이 세차장으로 들어왔다. 모두 황사비 때문에 흙탕물을 뒤집어쓴 것처럼 처참한 꼴이었다.

그런 차들은 제대로 물세차를 해야 하는 법인데 사장이 물세차를 시킬 것 같지는 않았다. 그의 이데아는 무조건 속도였다. 손님들도 사무실에 앉아 신문을 보며 빨리 세차가 끝나길 바라는 듯한 표정을 짓고 있었다. 그것이 이 동네에 다섯 개나 몰려 있는 세차장에서 독보적으로 앞서고 있는 이원식씨의 경영전략이었다. 꼼꼼하진 않았지만 사람들의 급한 성격을 읽을 줄 알았던 것이다.

"자자, 주목!"

이원식 씨가 손뼉을 치며 등장했다.

"다들 모여봐라. 차들 많지? 차가 많아서 좀 난처하겠지만 손님들이 너무 기다리면 안 되겠지? 다시 한 번 기록에 도전해볼까? 한계에 도전해서 이 모든 차를 다 닦는 거야."

"사장님, 이번엔 그냥 물로 닦죠. 어쩔 수 없잖아요."

수광이 넌지시 제안했다. 그러나 이원식 씨는 단호한 표정으로 설교를 시작했다.

"수광아, 세상에 어쩔 수 없는 건 없어. 우리가 절구통이야? 우리는 빨라야 돼. 빨라야만 이 재미없고 지루한 세상에서 탈출할 수 있어. 빨라야 시간을 지배하는 거야. 빛보다 빠르면 시간 여행도 할 수 있다고 아인슈타인이 그랬지. 안 그랬나? 어쨌든 너도 열심히만 하면 오 분, 그건 한계도 아니야. 할 수 있다는 자신감에 속도를 붙여야 돼. 자신감 없이 되는 건 세상에 하나도 없다고 내가 누누이 말했잖아. 안 그래? 수광이 넌 긴 팔을 타고났으니까 무서운 선수가 될 수 있단 말이야. 신체 조건 덕분에 누구보다도 빨리 선수급으로 성장했잖아. 까놓고 말해서 오 분대에 진입 못하는 게 신기할 지경이야. 이제 너 자신을 믿기 시작해봐."

수광은 시무룩하게 네, 하고 대답했다.

나는 최상의 컨디션으로 오 분 벽을 깨기는 했지만 그 기록에 만족할 수는 없었다. 사장 말대로 팔이 길고 힘이 좋은 수광이 언제 사 분 오십칠 초를 갈아엎어 버릴지 몰랐다. 녀석은 고등학교도 때려치우고 프로 세차의 세계에서 커리어를 쌓은 친구라 고등학교를 졸업하고 입문한 나 정도가 반짝 이겼다고 안심할 수 있는 존재가 아니었다. 훈화 중인 교장 선생이 너무 졸린 얘기만 잔뜩 늘어놓자 참지 못하고 달려나가 똥침을 놓아서 퇴학당했다는데, 사실이라면 미친놈일 것이다. 미친놈이라면 미친 기록을 세울지도 모른다. 기록이라는 것은 아예 멀리 달아나 있어야 그 기록을 가진 사람이 오랫동안 위대한 존재로 남을 수 있다. 나는 욕심을 내기로 했다. 이원식 씨가 선수들을 각자의 차 앞에 준비시켰다.

"자, 최고의 기량, 깔끔한 승부, 폭발하는 아름다움! 시이
작!"

그는 시작 구호에 한마디를 더 추가했다. 폭발하는 아름다
움이라. 좀 유치한 표현이었지만 모두들 폭발하듯 자동차에
달라붙었다. 사실 몸의 움직임을 끌어내는 데는 유치한 구호
가 제격이다. 정신 쪽은 유치할수록 꼼짝 않게 되지만.

나는 걸레를 힘껏 쥐고 고통을 참아가며 팔을 휘두르기 시
작했다. 쉐엑, 하고 바람 가르는 소리가 날 법한 빠른 동작이
었다. 내 팔꿈치는 힘센 뱀뿐만 아니라 찌르레기까지 백 마
리 정도 달라붙은 듯 움직일 때마다 찌릿거렸고 아파서 눈물
이 찔끔찔끔 나려고 했다. 하지만 팔꿈치를 제외한 온몸의
근육들은 울끈불끈 탄력 있는 움직임을 만들어주고 있었다.
역동성이라는 단어가 물리적인 질량을 가지고 내게 깃드는
걸 그날 처음 느꼈다. 나는 그 몸과 마음의 역동성에 아픈 팔
이 마취되는 것을 느끼며 열심히 움직였다. 신체의 고통을
잊게 해주는 것은 역동적인 정신력이다. 신체를 목적에 맞게
훈육하는 것은 역동적인 근력이다.

나는 부주의하게 넘어졌던 일에 대해 후회했다. 놀랍게도

그 후회가 더욱 이를 악물게 하는 정신력이 되었다.

그 순간 거짓말처럼 강한 에너지 한 줄기가 느껴졌다. 팔꿈치 통증의 궁극이 무언가를 소환한 것이었다. 그것이 왜 고통 한복판에서 튀어나오는 것인지는 알 수 없었지만 나는 눈을 크게 뜨며 내 신체에 깃들기 시작하는 강렬한 에너지에 도취되었다. 그것의 질감은 강력하게 회전하는 초대형 모터 같았고, 파괴력과 지속력은 태풍 부는 날의 파도 같았다. 그것은 준비된 내 정신력의 넓이만큼을 순식간에 차지하며 뜨거운 포만감을 훅 끼쳤다.

이, 이게 말로만 듣던 스뽀오츠 정신인가!

그 신비한 체험은 즉각 현실의 몸동작으로 이어졌다. 내 몸이 도저히 내 몸같이 느껴지지 않을 만큼 이상한 경지에 이끌리더니 몸이 자동으로 차 주위를 팽팽 돌아버렸다. 나는 그 에너지에 몸을 얹어놓았다. 단지 그랬을 뿐이었다. 그때부터는 내가 하고 있는 게 세차가 아니라 하나의 춤 같았다. 현실적인 감각이나 사고를 지속할 수 없었다. 정신을 차릴 수 없이 강력하게 몰아치는 역동성이 내 몸을 무형의 걸레로 만들어 차 옆을 날아다니게 했다. 그것은 두 배속으로 빨리 감기 하는 영상 테크닉처럼 인식되었다. 그런 동작을 펼치는 동안 머릿속에서 뺑뺑뺑뺑 하는 소리가 크게 들려왔다.

"우엇! 사 분 사십육 초!"

세차를 끝냈을 때 이원식 씨가 외치는 소리가 들렸다. 차주들이 내 주변에 빙 둘러서서 박수를 치는 소리도 들렸다. 마치 서커스를 구경한 관람객들 같은 표정이었다. 차는 갓 출고한 신차처럼 빛나고 있었다.

그 순간 나는 팔꿈치로부터 파생되는 에너지를 방어했다. 더 지속하면 돌아버릴 것 같았다. 그러자 갑자기 브레이크를 거는 마찰력 같은 통증이 온몸에서 터져 나왔다. 차를 닦는 동안 마땅히 느껴야 할 근육과 뼈마디의 통증을 한꺼번에 느끼는 기분이었다. 특히 다친 팔꿈치는 아예 떨어져 나간 것 같았다. 아파서 정신이 가물가물거릴 때 이원식 씨가 달려왔다.

"도저히 믿기지가 않아! 정말 대단해! 이렇게 움직이는 놈은 처음 봤어. 너처럼 위대한 선수도 없을 거야. 오늘 하루 만에 네 기록을 갈아치우냐! 이건 세계신기록일지도 몰라. 기네스북 감이야."

이원식 씨가 뭐라고 외치는 건지 알 수 없었지만 그와 다른 선수들이 통통 뛰며 껴안고 둘러싸는 통에 팔꿈치가 자꾸 부딪혀 너무나도 아팠다. 준비했던 어퍼컷 세리머니도 할 수 없었고 눈물만 주르륵 흘렀다. 이원식 씨가 외쳤다.

"그래, 울어! 기쁨의 눈물을 만끽해!"

결국 나는 흰자위를 드러내며 혼절했다. 마지막으로 들은 소리는 구경하던 차주들의 어어? 하며 놀라는 소리였다.

이것이 내가 잠깐 몸담았던 세차 선수 생활의 은퇴 직전 장면이었다. 정신을 차린 나는 병원에 있었고 인대가 엿처럼 늘어나버려 앞으로 팔을 힘 있게 휘두르는 동작 같은 건 할 수 없다는 의사의 엿 같은 진단을 받아 깁스를 한 채였다. 나는 다시 기절했다.

퇴원한 뒤 이원식 씨를 찾아가자 그는 시무룩한 표정으로 여행 잡지를 보고 있었다. 'Göteborg'라는 글자가 보였다.

어떻게 읽는 글자인지 알 수 없었다. 하지만 사진 속 도시는 굉장히 아름다워 보였다. 나는 그에게 깁스한 팔을 보여주며 말했다.

"이렇게 되면 그만둬야겠죠?"

"의사가 뭐래? 안 낫는대?"

나는 조금 울적하게 고개를 끄덕였다. 이원식 씨는 긴 한숨을 내쉬며 나를 한 번 포옹한 뒤 안주머니에서 봉투를 꺼냈다. '퇴직금'이라고 적혀 있었다. 이런 젠장, 틀린 철자였다. 그리고 이원식 씨는 뭔가 아쉬웠는지 주위를 두리번거리다, 책장에서 프레데릭 라르손 전집을 꺼내 봉지에 막 담더니 내게 내밀었다.

"이것도 가져가."

"책을…… 왜죠?"

"사람이 책도 좀 읽고 살아야지."

나는 팔도 아픈데 무겁게 책은 무슨 책이야, 맞춤법도 틀리면서, 하고 속으로 말했다. 이원식 씨가 안타까워하는 표정으로 물었다.

"운이 나쁘다고 생각하겠지?"

"그렇습니다."

"세상에 실력으로 극복 안 되는 운 같은 건 없어."

"무슨 소립니까?"

"넌 무엇에도 지면 안 되는 선수라는 얘기야."

퇴직금 봉투는 얇았다. 이원식 씨는 다시 잡지로 시선을 거두며 페이지를 넘겼다. 사진 속의 도시는 황홀할 만큼 아름다워 보였고 어쩐지 이원식 씨는 울 것 같은 표정이었다. 사무실을 나설 때 그가 한마디 더 보탰다.

"네 기록 절대 잊지 않으마."

그때의 기록은 아직도 깨지지 않고 있다. 세상에 누가 사분 사십육 초 만에 차 한 대를 말끔히 닦을 수 있단 말인가. 뿐만 아니라 오 분 벽을 깬 놈도 아직 없다고 들었다. 그러나 그러기 위해 나는 단순히 삐어버렸을 뿐인 팔에 정신력을 물려 인간이 아닌 상태로까지 진입한 것이었다. 상박골과 하박골 사이 인대가 대략 십 센티미터나 벌어졌다고 하니 마성의 욕심에 휩싸여 팔 한쪽을 날린 것이었다. 아쉬울 건 없었다. 한 단계 더 넘어선 기분이었다. 순간적으로 발동된 그 스뼈오츠 정신을 잘 기억하고 싶었다. 어떤 상황에서 발동했는지 잘 모르겠지만 그토록 강렬한 매혹은 처음이었다.

기록은 영원히 남는다고 들었다. 어떤 종류든 기록이 남지 않으면 인생은 빈 공기를 쥐는 일과 다를 바 없을 것이다.

하지만 기록이고 스뽀오츠 정신이고 나발이고 나는 먹고 살 일이 막막해져 담배를 배웠다.

현희에게 전화를 했지만 받지 않았다.

*

사내는 다섯 번째 컵을 힘겹게 비웠다. 지금까지 소주를 각자 세 병씩 더 주문했다. 사내의 목젖이 세 번 크게 움직였다. 컵을 내려놓던 그는 의자에서 비틀, 흔들리며 떨어질 뻔했다. 자세를 급히 고쳐 앉았지만 어지러워하는 게 분명했다.

취했군. 저렇게 나약한 선수에게 쫄았다니. 나는 컵에 술을 따라 목젖을 크게 두 번 움직여 비워낸 뒤 머리 위로 흔들었다. 세 번 만에 삼킨 저 아저씨는 술 마시는 행위를 망설이기 시작한 거다. 내 정신은 말짱했다. 경기가 시작된 후 지금까지 스뽀오츠 정신을 전혀 발휘하지 않았는데도 취기가 없었다.

그 순간 뇌리를 스치는 경험이 있었다. 둘이서 술을 마실 때 한 사람이 술에 취한 것이 역력한 말이나 행동을 하기 시작하면 나머지 한 사람은 순전한 보호 본능과 악동 같은 우월감이 동시에 발동해 술이 덜 취하는 현상. 그것이 이 빌어먹을 '술 마시고 개 안 되기 게임'에서 내 편을 들어주고 있었다. 나도 적지 않게 취할 수 있었는데 상대가 흔들린 타이밍이 좋았다. 내가 이 경기에서 이겼다는 판단이 들었다.

얼마 전 내가 일했던 세차장에 가보았다. 십 년 만이었다. 그 자리엔 최신식 기계 세차장이 들어서 있고 홍보 문구가 커다랗게 붙어 있었다.

독일식 최신 설비. 삼 분 자동 세차.

기계는 무려 삼 분 만에 세차를 끝내는구나. 과연 완벽할까? 절대 인간이 하는 것만큼 디테일하진 못할 것 같았다. 아닌 게 아니라 세차장을 통과해서 나오는 차들은 물방울이 더덕더덕 붙어 있고 굴곡진 부분은 세차 솔이 전혀 닿지 않아 시커먼 때가 남아 있었다. 내 눈엔 '세차'의 '세' 자를 반쯤 발음하려다 입에 호빵을 처넣어버린 것 같은 상태로 보였다. 그건 세차 경기의 아름다움을 모독하는 처사에 가까웠다. 단지 표면의 얼룩에 물과 세제를 쏘아대고 엉성한 솔로 비볐을 뿐이잖아. 기술도 없고 숨결도 없었다.

쓸쓸했다. 내 차례가 아니었지만 나는 한 컵 더 따라 마시고 머리 위에 컵을 털었다.

"광택 씨, 왜 이렇게 많이 마셔."

포장마차 형이 빈 소주병을 치우며 말했다. 그는 이미 우리가 경기를 벌인다는 사실을 알고 있는 듯했다. 선수인 그가 개입하는 걸 보니 이미 경기가 끝났다고 보고 승패를 판정하려는 것 같았다. 승부를 더 끌어봐야 의미도 없고, 선수 보호 차원에서라도 사내의 그로기 패를 선언해줘야 한다. 이런 경기에서 한번 비틀거린 놈은 그 순간을 기점으로 역전 찬스도 없을 테니까. 나는 이겼다고 생각하며 마음을 놓았다.

"나은 패옹에애요."

이럴 수가! 내 혓바닥을 의심했다. 난 괜찮아요, 하고 깔끔한 목소리로 포장마차 형을 안심시키고 상대에게 패배감을 안겨주려 했는데 혀가 꼬여버린 것이다. 나는 놓았던 마음을 잽싸게 추스르며 헛기침을 하고 다시 말했다.

"뭉 하옹만 으에요."

제기랄. 혀가 물 한 잔만 달라는 말을 발음하지 못한다. 옹알이하던 한 살 때의 혓바닥으로 돌아간 것 같았다. 나는 급히 취기를 체크했다. 구 곱하기 구 는? 팔십일이다. 소녀시대 멤버는 수영·유리·윤아·제시카·서현…… 아, 그다음은 생각나지 않는다. 아아, 혓바닥뿐만 아니라 뇌의 일부도 취기에 잠식되어 있었다. 이런, 내가 방심한 건가. 잽싸게 스뽀오츠 정신을 발휘해야 하나.

사내를 보았다. 조금 전과 달리 똑바로 앉은 자세로 나를 보는데 입꼬리에 미소가 걸려 있었다. 그러곤 너무나도 멀쩡한 발음으로 주인에게 말했다.

"저 친구 한 잔 더 마시면 쓰러지겠네. 난 한 병만 더 주시오."

이럴 수가. 의자에서 떨어질 뻔한 동작, 취해서 해롱거리던 모습이 페이크였단 말인가. 내 방심을 끌어내리려고 '뻥끼'를 쓰다니. 무서운 상대가 틀림없었다. 순간 보호 본능과 우월감의 버프가 사라져버렸다. 평정심으로 막혀 있던 술기운이 갑자기 온몸의 순환계에 동심원을 그리기 시작했다. 심장이 박동할 때마다 쿵, 쿵 퍼져나가는 술기운은 굉장한 공격력을 자랑했다.

이 젠장할 방심! 나는 취기의 파상공세를 버티기 위해 급기야 스뽀오츠 정신을 발휘하기로 마음먹었다.

일단 스스로 한계를 극복하고픈 심정을 가지는 것. 이것이 첫 단계다. 이것이 없으면 스뽀오츠 정신은 발동하지 않는다. 내가 취기라는 강력한 한계와 맞서 싸우지 않고 상대를 무시하고 자만하고 있는 동안에 상대의 변칙적인 플레이에 당한 것이다.

나는 호흡을 가다듬고 중얼거렸다. 이 한계를 이길 테다.
이 한계를 극복할 테다…….

*

세차장에서 은퇴한 뒤 나는 누구나 쉽게 할 수 있다고 생
각한 호프집 아르바이트를 시작했지만 영 소질이 없었다.
정확하게 말하자면 서빙은 잘했지만 화장실 청소를 아예 못
했다. 아르바이트라고 얕잡아 본 걸 후회했다. 호프집 사장
은 "선수라면 저런 화장실도 아무렇지 않게 치울 수 있어야
해. 자넨 프로니까."라고 말했지만 화장실은 항상 토사물로
엉망이 되어 있어 들어가기도 싫었다. 무슨 인간들이 호프집
에 토하러 오나. 난 아마추어가 되고 싶었다. 그 호프집은 술
맛이 거지 같기로 유명했다. 나도 회식 때 한 번 마셔보고 토
할 뻔했으니까. 그런 걸 맥주라고 파니까 화장실이 그 모양
이 되지. 그 사장 아저씨도 프로가 아니었다.

진정한 프로의 세계에 들어가기 위해 호프집을 그만둔 뒤
시간은 계속 흘렀다. 내 인생의 커리어가 잘못될까 봐 심장

이 콩콩 뛰었다.

내가 잘하는 건 서빙이 아니라 세차다. 돈도 훨씬 더 받는다. 다시 세차장에서 일하기 위해 팔꿈치 재활 치료를 받는 게 옳아 보였다. 하지만 오랜 시간과 돈을 들여 이 악물고 재활 치료를 해도 통증은 나아지진 않았다. 의사들은 통증이 계속되는 원인에 대해 백 가지 정도의 가설을 내놓았다. 그중 하나도 맞는 게 없었다. 반드시 통증을 잡아내겠다고 나름 스뽀오츠 정신을 발휘하려 했지만 그동안 모아둔 돈이 각종 정형외과 의사들과 한의사들의 통장 속으로 사라지고 난 뒤에도 통증은 여전했다. 그리고 입영 통지서를 받았다.

팔꿈치 인대가 엿처럼 늘어진 걸로 군 입대 면제는 어림도 없었다. 환장할 노릇이었지만 군의관의 의학적 소견에 따르면 내 팔엔 전혀 이상이 없었으니까.

나는 체념하고 좋게 생각하기로 했다. 애인도 없고, 다닐 학교도 없고, 출근할 직장도 없고, 모아둔 월급도 다 썼고, 팔꿈치도 아픈데, 군대 가는 게 뭐 어때.

군대는 대학 입시라는 거대한 단체경기를 불참한 뒤로 치러본 첫 단체경기였다. 예상했듯 단체경기는 재미라곤 없었다. 밥을 주고 재워준다는 것 외엔 당연히 의미도 없었다. 의무만 있었다.

인간이란 한계 속에 가둬놓으면 모두가 똑같이 생겨먹은 군화처럼 고만고만한 존재들이었던 것이고, 군대란 그렇지 않은 사람이 나타나면 군홧발로 짓밟아 고만고만한 존재로 만드는 곳이었다. 튀어서 재미있을 일은 하나도 없었다.

군대에서 실수로 잠깐 스뽀오츠 정신을 발휘해본 적이 있었다. 나는 팔꿈치 때문에 푸시업도 제대로 못해 취사병으로 배치되었는데 어느 날 아픈 팔꿈치에서 세차 기록을 세웠을 때처럼 미친 에너지가 갑자기 발동해서 십 분 만에 양파를 오백 개나 까는 대기록을 세웠다. 일 분에 오십 개나 깐 것이다. 사람의 손으로 그런 무서운 속도를 낼 수 있으리라고는 취사반의 어느 누구도 상상하지 못했다.

하지만 세차 오 분 벽을 깼든, 십 분 만에 양파 오백 개를 깠든, 그딴 건 양파를 끝까지 까는 것처럼 아무것도 남지 않는 일인지도 몰랐다. 더구나 군대에선 뒤통수까지 까였다.

"이렇게 빨리 까는 새끼가 평소에 설렁설렁 깠어? 군기가 빠졌지? 팔 아프다고 잔머리 굴려서 취사반으로 빠진 거 아냐? 너 이제 딱 걸렸어."

나는 깨달음을 얻고 남들 하는 만큼만 경기를 하며 지내다 제대하기로 했다.

군대는 스뽀오츠 정신을 발휘할 최소한의 그라운드도 안 되는 곳이었다. 돈 있고 힘 있고 얍삽한 놈들은 복무하지 않는 곳에 페어플레이 정신이 있을 리 없었다. 그곳은 그냥 바보들이 바보 놀음을 경쟁하는 곳이었다. 젊을 때 나라를 지키는 의무를 다한다는 보람을 희박하게 만드는 곳이 군대라니. 싸워야 할 병사들을 최고의 바보로 만들고 싶어 안달이 나 있는 곳이라니. 나는 그 대열에 끼어 기억하고 싶지 않은 바보짓을 거드는 셈이었다. 병사들더러 대가리를 박으라고 해서 바보를 만드는 것보다 대가리를 첨예하게 써서 막대한 국방비를 낭비하지 않는 게 나라를 더 잘 지키는 일 아닌가.

취사반 일도 마찬가지였다. 한 끼니에 양파 오백 개를 까고 오백 개를 썰고 오백 개를 볶는 짓은, 하는 놈이나 만날 먹는 놈에게나 완전히 바보 같은 짓이었다. 사회에선 맞고만 다녔을 키 작고 비쩍 마른 취사반장에게 찍혀 하루에 오백 번씩 폭언을 듣거나 도마 모서리로 머리를 얻어맞는 일상도 바보 같았다.

좋은 점이라곤 시간의 상대성을 체득한 것뿐이었다. 바깥에서의 시간은 몹시 빨랐는데 국방부 시간은 너무 느리고, 답답할 정도로 안 갔다. 하루가 백 년 같은 국방부 시계의 신비함 때문에 나는 느린 게 세상에서 제일 싫어졌다.

*

제대하고 뛰기 시작한 선수 생활은 스피드를 추구하는 종목이었다.

빠른 건 무조건 멋진 거다. 야구에서도 가장 멋진 투수는 빠른 공을 승부구로 가지고 있는 선수 아닌가. 그렇다. 내 성향에 맞는 걸 할 때 집중력을 발휘할 수 있다. 그래서 내가 택한 두 번째 종목에서도 나는 스피드를 승부수로 삼았다.

그것은 배달이었다. 오토바이 그립만 감싸 쥐면 되는 배달은 아픈 팔꿈치와는 아무런 상관도 없었다.

처음엔 당연히 선수급이 아니었다. 위험하게 오토바이를

타는 것부터, 배달원을 대하는 사람들의 저열한 인식과 그
보다 더 괴로운 추위, 비바람, 빙판길과 싸우느라 정신없는
햇병아리 견습 과정을 거쳐야 했다. 그렇지만 그 모든 것을
극복해나가는 동안 군대에서 희미해진 스뽀오츠 정신을 점
점 되찾으면서 실력 있는 남자로 바뀌어갔다. 선수로 인정받
으려면 험난한 과정 없이 되는 게 아무것도 없다는 걸 알고
있었기에 나는 묵묵히 모든 수련 과정을 감내했다.

비가 와서 도로가 문어 대가리처럼 미끄러운 날이나, 매서
운 추위 때문에 손과 귀와 무릎이 뜯겨 나갈 것 같은 날이나,
또 급기야 그 둘이 합쳐진 겨울비 내리는 날에, 오토바이를
타고 일하는 건 너무 고통스러웠다. 대부분의 사람들은 이
고통을 버티지 못하고 나가떨어졌다. 그러나 나는 선수다,
나는 한계를 극복한다, 고통을 견딜수록 스뽀오츠 정신은 점
점 더 커져간다, 그렇게 믿으며 나는 그 모든 것을 인내했다.

배달 일을 한다는 소식을 들은 어머니는 내가 대학에 가지
않았기 때문에 추운 날씨에 바깥에서 고생스러운 일을 해야
하고, 그것은 곧 실패한 인생을 살고 있는 거라고 말했다. 내
생각은 달랐다. 인생의 성공과 실패는 하고 싶은 걸 하느냐,

하지 않느냐로 구분되어야 한다.

내 주위에 대학생이 된 친구들은 학문을 혹독하게 탐구하지 않았다. 그저 미팅이나 하고 술이나 마시며 놀기 바빴다. 간혹 머리가 좀 돌아가는 놈들도 학문의 깊이를 추구하기보단 스펙을 쌓으며 취업을 준비하는 데 주력했다. 그들에게 대학은 직업 훈련원이나 겉보기 간판일 뿐인지도 몰랐다. 그러면서 이미 직업을 가진 나 같은 놈을 대놓고 무시했다. 그건 그다지 멋있지 않아 보였다.

나는 의미 있는 인생을 사는 사람이 되고 싶어서 내 존재를 혹독하게 단련하며 인생이란 것을 탐구해나갔다. 눈보라가 치고 도로가 꽝꽝 얼어붙은 날, 목덜미 사이로 파고드는 눈발의 송곳을 뚫고 사람들에게 따듯한 음식을 배달한다. 이것이야말로 보람 있는 인생을 사는 것 아닌가.

스스로 그런 생각을 할 줄 알게 된 것과 '말죽거리 날벼락'이라 불리는 배달원이 된 건 거의 동시에 이뤄졌다. 이왕이면 '양재동 라이트닝' 같은 멋진 이름으로 불리고 싶었지만 뭐 사람들이 부르고 싶은 대로 부르는 거니까 상관없었다.

빠른 건 멋지고 멋진 건 의미가 있고 의미 있는 일은 재미 있다고 생각했다. 나는 강남에서 잘나가는 큰 규모의 중국집에 스카우트되어 웬만한 대기업 신입사원 초봉에 육박하는 월급을 받게 되었으며, 역삼동에 오피스텔까지 얻을 수 있었다. 대학을 나와 취직한 친구들 중에 나보다 월급을 많이 받는 놈은 없었다. 나는 그들보다 괜찮은 인생을 살고 있다고 생각했다. 물론 친구는 한 명도 남지 않았다.

하지만 그런 시간이 몇 년 동안 이어지던 어느 날, 그게 전부가 아니라는 것을 깨달아야 했다.

"너 인마, 요즘 왜 이래? 짜장면 불었다고 항의 전화 왔잖아."

배달을 다녀온 나를 사장이 눈썹을 실룩거리며 질책했다. 그는 내가 일하는 '중화요리 이소룡'의 경영자이자 존경하는 배달 선배 전광석 씨였다. 주문 전화를 끊자마자 벨 누르는 소리가 나더라는 일화를 만든 레전드급 선수였다. 내게는 '전 꼰대'로 불리지만 한때 별명이 '학동 테제베'였던 남자다. 그는 나를 어여삐 여겨 배달의 궁극기들을 무상으로 전수해줬다. '말죽거리 날벼락'이란 내 별명도 그의 아류로 생성된 것이었다. 전광석 씨를 학동 반점에서 만나고부터 나는 그를 배달의 사부이자 멘토로 여기고 있었다. 그가 자기 가게를 하겠다고 큰 중국집에서 일을 그만뒀을 때, 추종자인 나도 의리로 그를 따랐다. 그런데 그렇게 존경하는 사람에게 딱 지적을 받은 것이다. 부끄러웠다. 나는 물고 들어온 담배를 황급히 끄며 말했다.

"먼 데였잖아요."

그는 즉시 쓰레기통으로 쓰는 춘장 깡통을 발로 찼다. 배달 선수를 은퇴하고 양재동에 '중화요리 이소룡'을 차리고 '전 꼰대'가 된 이후에 생긴 그의 습관이었다. 그는 장부를 놓고 계산하며 인상을 긋다 오 분이 지나면 어김없이 춘장 깡통을 발로 차버렸다. 아마도 학창시절에 그는 수학 선생과 몹시 사이가 나빴을 것이다. 특히 그는 주변에 새로운 중국집이 생기면 가장 세게 깡통을 찼다. 고의적으로 식대 지불을 미루는 사무실에 전화를 걸고 난 뒤에도 분에 못 이겨 깡통을 찼다. 하지만 나는 그가 여전히 선수라고 생각했다. 그가 깡통을 차는 자세는 날이 갈수록 세련미와 정제미를 더해

갔으니까.

"신광택이! 방금 변명했지? 변명하기 시작하면 선수 생활 접어야 돼!"

아차, 불식간에 변명이 튀어나간 걸 보니 내가 확실히 방심하고 있었던 게 틀림없었다. 매너리즘에 빠진 건지도 몰랐다. 중국집 배달원이 되겠다고 결심했을 때 나는 신세계를 발견한 듯 기뻤다. 복장도 제대할 때 들고 나온 야상과 깔깔이면 되고, 머릿속에 내비게이션이라도 달린 듯 목적지까지 최단 거리를 순식간에 계산해내는 재능이 내게 있음을 발견했으니까. 심지어 나는 배달 반경에 있는 신호등의 점등 주기까지 외우고 있었다. 가게에서 밥을 먹고 있을 때에도 양재 전화국 사거리의 신호등이 어느 쪽으로 불을 켜고 있는지 생각했다.

나는 그가 발로 찬 춘장 깡통을 쭈뼛쭈뼛 주워 제자리에 세워놓았다. 그리고 지금 이 순간이 대한민국 일류라는 강남의 대표 배달 선수로서 굉장히 자존심이 상하는 순간인 동시에 지금까지 영위해온 생존 수단이 위협받는 순간임을 직감

했다.

　빠른 건 멋지다. 더 멋진 건 속도를 유지하는 것이다.

　나는 사장이 가게에 걸어놓은 표어를 쳐다보았다. 치킨이든 짜장면이든 피자든, 오토바이를 타는 배달의 기수라면 한번쯤 들어본 말이다. 우리 사장이 낸 책 제목이기도 하고. 그 책은 눈물이 날 만큼 안 팔렸지만, '유지'한다는 가치에 대한 경험적 인식을 지적 유희와 함께 그려낸 훌륭한 책이라고 해설에 쓰여 있었다. 제목이 너무 길고 반말이라서 안 팔렸을 거라고 짐작되는 그 책을 읽고 감동하며 배달 일을 배우던 시절을 떠올리자 가슴이 아팠다. 내가 초심을 잃은 건 분명해 보였다.

　사람들은 번개같이 짜장면이 배달되면 신기해했지만, 내겐 조금도 신기하지 않았다. 예를 들어 웨스턴 바에서 바텐더들이 보여주는 저글링 묘기는 몹시 신기하지만 선수로서 열심히 연습하면 최소한 신기하게 보이지는 않는 것이다. 노력해보지 않은 사람들이나 노력할 필요가 없었던 사람들이 경외심을 품고 어떤 '스킬의 세계'를 바라보는 것이다.

적어도 현재 양재동 배달 반경 내에서 짜장면을 시키는 사람들은 내게 그런 경외감을 가지고 있었다. 왜냐하면 내가 바로 말죽거리 날벼락이니까.

나는 빛나던 영광의 순간을 되새기며 자신감을 추슬렀다. 마치 순간 이동 하듯 시공간을 쪼개며 달리는 오토바이, 배달 간 곳에서 받던 박수들, 경이롭다는 듯이 내뱉던 감탄사들, 놀란 표정들. 짜장면 그릇을 꺼낼 때의 동작마저 차별화해 철가방 안에서 삼백육십 도 회전시켜 면과 짜장 소스가 버무려지도록 서비스해 주던 강한 손목 힘. 고객이 랩을 벗겨달라고 하면 기술적으로 한 번에 좌악 벗겨내주던 섬세한 손가락.

그런 기량을 발휘하지 않은 게 언제부터였는지 모르겠다.

"저 새끼는 너 한 번 갔다 올 때 두 번씩 날아다녀. 넌 이름만 믿고 농땡이 부리는 거지? 무슨 연예인병 걸렸어? 만날 거울이나 보고."

사장이 말하는 저 새끼란 한 달 전부터 우리 가게에서 선수 생활을 시작한 신입 배달원 노랑머리를 말하는 것이었다.

내가 농땡이를 부리려던 건 아니었다. 성실함 없이 이룰 수 있는 건 아무것도 없다는 걸 당연히 잊지 않고 있었다. 다만 나는 몇 달 전부터 스피드 이외에 다른 기능들을 업그레이드하려고 애쓰고 있었다.

야구에서 좋은 투수에겐 빠른 공과 그것을 뒷받침해 주는 수준급의 변화구도 있다는 점에 착안했다.

나는 깔끔한 외모와 매너를 변화구로 삼았다. 음식을 가지고 온 사람이 발랑 까졌으면 음식 맛도 발랑 까져 보이지 않을까 해서였다. 노랑머리 따위로는 카레라이스나 배달하면 어울리겠지. 짜장면은 까맣잖아. 나는 아주 추운 날만 아니라면 세미 정장 차림으로 짜장면을 배달했다. 그리고 마치 레스토랑에서 제공받는 느낌을 받도록 음식을 서브했다. 월급을 투자해서 좋은 옷을 깔끔하게 차려입고 다니면 고객들의 반응도 좋았다. 밥을 잘 먹는 사람더러 식탐을 부린다고 할 수 없듯, 옷을 잘 입으려는 사람을 멋 부린다고 폄하해선 안 된다. 밥도 맛있게 잘 먹고 옷도 감각적으로 잘 입으면 좋은 거다. 그렇게 하면 건물 경비원들도 나를 덜 무시했다. 그런 견지에서 볼 때 노랑머리 염색은 크나큰 판단 착오다.

"어이, 십구 세기 배달원이냐?"

내가 식사 시간에 물었을 때 노랑머리는 한쪽 눈만 추켜올리며 대답했다.

"신경 끄지. 빠르면 된 거 아냐? 배달은."

"싸가지 좀 챙겨라. 내가 누군지는 아냐."

"오토바이는 내가 말죽거리 날벼락보다 더 잘 탈걸."

단지 오토바이를 잘 탄다는 것만으로 모든 것을 가늠하려 하다니. 녀석의 배달 철학은 깊이 없는 잔기술만을 가치로 생각하는 것이므로 내겐 이미 한 수 아래로 보였다. 음식 배달은 음식 맛을 옮기는 것이다. 맛은, 음식이 식기 전에 갖다 준다는 대표적인 행동을 통해서도 지켜지는 것이지만 배달원의 깔끔한 복장이나 성숙한 인격, 투철한 직업의식 같은 게 덧붙여져 그 풍미가 극대화되는 것이다.

"내가 이 바닥에서 유명한 이유를 잘 모르는구나."

내면은 홀대하고 단지 표면적으로 속도만 추구하는 것은 일차원적인 생각이므로 나는 노랑머리를 비웃어주었다.

"흥. 오토바이도 폼만 잡고 타면서."

노랑머리가 삐죽거렸다.

"폼만 잡는다고? 폼이 예뻐야 뭘 하든 멋진 거야."

뭐가 됐든 나는 속도에 대해서도 결코 진 적이 없었기 때문에 강렬한 도전의식을 느꼈다. 내 가슴속에서 도전의식이 분노로, 분노가 투지로 바뀌는 변증법이 진행되었다. 감히 내 앞에서 기초 중의 기초에 해당하는 오토바이에 대해 논하다니. 팔꿈치가 찌릿할 지경이었다. 나는 자신에 찬 목소리로 전광석 씨에게 말했다.

"저 열 받았어요. 사장님, 우리 둘 중에 어떤 놈이 더 빠른지 한번 겨뤄볼게요."

노랑머리가 내 쪽은 쳐다보지도 않고 전광석 씨에게 고개를 끄덕끄덕했다. 자신 있다는 태도였다.

"거 재미있겠군, 재미있겠어."

전광석 씨는 모호한 웃음을 지으며 때를 기다리라고 말했다. 노랑머리는 근거 없는 자신감을 입가에 짜장 소스처럼 묻히고 있었다. 나와 노랑머리는 각자 배달을 두 번씩 다녀왔고, 나는 이 몸풀기 배달에서 전성기 때의 정신 상태를 부활시키려고 마인드컨트롤을 시작했다.

'나는 날벼락이다……. 날벼락처럼 빛나고 날벼락처럼 빠

르다. 나는 남다른 스뽀오츠 정신을 가지고 있다.'

내가 가게에 돌아왔을 때, 전광석 씨가 주문 전화를 황급히 끊더니 외쳤다.

"이거야!"

같은 아파트인데 동이 다른 두 군데의 주문이었다.

"이백사 동은 광택이, 이백일 동은 듀카티."

"듀카티가 누군데요?"

"저 녀석이 듀카티라고 불러달래."

사장이 턱짓으로 노랑머리를 가리켰다. 듀카티 같은 소리하네. 그럼 난 왜 그냥 광택이라고 부르는 거야.

"이백사 동이 조금 더 멀지만 거긴 삼 층이고 이백일 동은 오 층이야. 이 정도면 아주 공평한 시합이 되겠어. 주방에 오다해."

주문한 음식은 똑같이 짜장면 하나 짬뽕 하나씩이었다. 사장이 결승선을 정해줬다.

"배달하고 돈 받은 후에 이 카운터 앞까지 누가 더 빨리 도착하느냐다."

듀카티고 날벼락이고 간에 주방에 주문을 넣음과 동시에 긴장감이 애국가처럼 감돌았다. 우리 주방장도 엄청난 선수였다. 스피드 분야에서 예술적인 기량을 자랑하는 자다. 맛에서는 궁극에 조금 못 미치는 것 같지만 스피드만큼은 '만렙'이었다. 맛에 있어서 이 퍼센트 부족한 선수지만 나보다 많은 연봉을 받는 걸 보면 분명 내가 모르는 내면적인 가치를 지녔을지도 모른다고 생각했다. 다른 식당에서 엄청난 이적료를 제시했던 적도 있었지만 우리 사장이 더 많은 연봉을 제시하면서 그를 잡았다.

나는 그의 속도를 알고 있었다. 음식이 언제 느닷없이 나올지 모르니 바짝 긴장해야만 했다. 거의 오더와 동시에 나온다고 보면 된다. 노랑머리 녀석은 머리카락을 뒤로 넘기며 물을 한 컵 마시고 있었다. 저러고 있으면 늦지.

음식은 역시 환상적인 타이밍에 나왔다.

주방에 외친 주문의 메아리가 사라지기도 전에 그릇 네 개가 턱턱턱턱, 하고 선반턱에 올려졌다. 늘 겪는 거지만 감탄할 수밖에 없는 속도였다.

"어흠. 짜장 둘, 짬뽕 둘!"

탁하고 굵은 목소리의 주방장이 특유의 추임새를 넣으며 홀을 향해 외치자마자 내 몸은 폭발하듯 튀어 올랐다. 공간을 잘라먹는 듯한 내 보법은 절대 고수급. 이제 막 선수 생활을 시작한 풋내기가 넘볼 실력이 아닌 것이다.

나는 잽싸게 짜장면 하나와 짬뽕 하나를 낚아 들었다. 랩을 두 겹으로 단단히 씌우는 데 일 초. 준비된 철가방에 쑤셔 넣는 데 일 초. 출입구 밖으로 뛰쳐나가 오토바이 열쇠를 꽂고, 시동을 거는 동시에 가속 그립을 쥐어짜듯 비틀기까지 오 초. 군더더기라고는 조금도 들어 있지 않은 동작이었다. 배달 동작의 예술 점수를 매기는 심사위원이 도열해 있었다면 만점짜리 팻말을 꺼내 드는 데 주저하지 않았을 것이다.

출발하면서 백미러로 흘깃 봤을 때 노랑머리 녀석은 그제야 철가방을 들고 가게에서 튀어나오고 있었다. 가소롭다기보단 안타까웠다.

'승부는 스타트에서 갈린다는 거 모르나.'

속도를 겨루는 스포츠 종목에서 그건 아무리 강조해도 지나치지 않을 승부 요인일 것이다.

나는 절대적인 타이밍에 오토바이 변속기어를 척척 바꾸

며 중국집 앞 이면 도로를 빠르게 벗어나 편도 사 차선 대로에 진입했다. 선수는 일말의 군더더기도 허용하지 않는다. 더구나 내 오토바이는 오랜 시간 길들여오고 정비하고 튜닝해온 고성능 애마였다. 그냥 100cc짜리 시티100이 아니다. 머플러 배기음만 다른 바이크가 아닌 것이다.

그런데 백미러에 노랑머리의 오토바이가 무서운 속도로 뒤따라 질주해 오는 것이 보였다.

아니, 어떻게?

내 입에서 의문형 감탄사가 튀어나왔다. 만만한 상대가 아니었다. 나는 더욱 거칠게 그립을 당기며 자동차들 사이를 지그재그로 달렸다. 위험하기 짝이 없는 일이었지만 승리를 위해 그 정도는 감수해야 했다. 머리카락을 휘날리며 이런 식으로 속도를 낸 지가 꽤 오래되었다는 생각을 했다.

처음에 배달 일을 하며 무조건 속도만을 좇던 시절을 떠올렸다. 인생이 속도였고, 속도 아래 세상이 있었고, 속도가 세상을 지배하는 이념이라고 생각했다. 세상은 내가 가진 속도보다 느리게 움직이고 있었고 그래서 가소로웠고 나는 세상보다 한 단계 위에 있는 거라고 자부했다.

　그런데 배달 가는 곳의 사람들이 사는 다채로운 풍경을 관찰하자 생각이 조금 달라졌다. 가령 열 군데를 배달 가면 열 개의 각기 다른 공기와 흥미로운 표정들을 만났다. 기쁘다, 슬프다, 바쁘다, 한가하다, 쾌활하다, 무겁다, 촉촉하다, 메마르다, 똥 마렵다, 싸고 왔다 하는 그들의 표정에서 세상을 지배하는 또 다른 재미를, 혹은 의미를 발견할 수 있을지도 모른다는 기대도 했다. 어쩌면 사람들은 속도 말고도 다양한 가치를 좇고 있는지도 몰랐다. 업무의 성취, 정치적 야망, 경제적 안정, 사회적 명예, 사랑과 결혼의 행복, 가정의 안위, 이 세 육아, 맛있는 맥주, 세계 여행, 딱지치기, 맛있는 요리 등등. 인간의 삶을 보람 있게 만들 수 있는 가치는 정말 많아 보였다. 내가 좇는 속도라는 건 너무 일차원적이고 추상적인 가치가 아닌가 하는 회의감이 들곤 했다.

　그 순간 노랑머리 녀석이 내 오토바이를 추월했다. 녀석도 엔진을 튜닝했는지 CBR류의 머신급 바이크에서나 나는 배기음이 났다. 이상적인 각도의 니그립(Knee grip) 자세며 경주마를 타듯 안장에서 떠 있는 엉덩이, 린 위드(Lean with)와 린 아웃(Lean out)을 자유자재로 섞으며 빠르게 칼치기 할 때의 중심 이동은 한눈에 봐도 수준급이었다. 저런 스킬은 나와 전광석 씨만 부릴 줄 안다고 생각했는데 어디서 저런 걸 배웠을까. 사장이 치켜세운 대로 대단한 녀석인 게 틀림없었다.

"너 인마 레이싱 걸이라도 사귀냐. 씨바."

나는 소리 질렀다. 녀석은 듣지 못하는 것 같았다. 삶의 다양한 가치고 나발이고 사색하다간 진다. 바짝 집중해서 기필코 오늘 저 녀석을 이겨야겠다고 마음먹었다. 나는 달리는 말에 박차를 가하듯, 변속기어를 한 칸 내리며 출력을 극대화했다. 오토바이가 와앙, 하고 오래 호흡을 맞춘 내 의사를 존중하며 포효했다.

바로 그때 눈앞의 네거리 신호등이 막 노란색으로 바뀌었다. 거리와 시간상으로는 통과하기에 좀 위험할 듯싶었다. 두 가지 방법이 있었다. 일단 우회전한 뒤에 잽싸게 불법 유턴해 오는 것과 노란불을 무시하고 달려서 위험하게 통과하는 것. 노랑머리 쪽을 바라보니, 놈이 먼저 우회전 차선을 택하고 있었다.

승부처다!

나는 노란불이 빨간불로 바뀔 때 엔진이 낼 수 있는 최대한의 출력으로 가속했다. 앞바퀴가 살짝 들리는 듯했다. 그리고 이럴 때를 대비해 달아놓은 고성능 사이렌을 울리는 것도 잊지 않았다.

오토바이는 한때 이원식 씨가 얘기한 폭발하는 예술혼처럼 눈부시게 울부짖으며 교차로를 가로질렀다. 교차로를 가로지르는 동안 나는 집중력을 극한으로 끌어올렸다. 그러나 아무래도 타이밍이 위험했기 때문에 벌써 건너편 신호가 떨어지고 좌회전 차량들이 교차로에 진입하고 있었다. 나는 오토바이를 거의 눕히다시피 기울여 좌회전 차량을 피하고 갑자기 꺾여 들어온 우회전 차량까지 급브레이크로 피했다. 이 모든 동작은 역동적인 자신감으로 연결되었다. 거기까지는 내가 가진 스킬이었다. 그런데 갑자기 눈앞에 신호를 무시하고 달려오는 트럭이 나타났다. 그것은 예상하지 못했고, 너무나도 빠른 속도였다. 그대로 달리면 바로 영점 일 초 후에 트럭 아래 깔아뭉개질 것 같았다. 무시무시한 공포감이 밀려왔다. 이런 젠장, 여기서 죽는 건가! 서른 살까지 살아보지도 못하고! 현희를 다시 만나지도 못하고! 길바닥에서 트럭에 밟혀 돼지는 건가. 근데 이렇게 죽으면 승부는 어떻게 되는 거지. 내가 지는 거겠지? 안 돼. 죽는 건 괜찮지만 지고 싶지는 않아.

그때였다. 팔꿈치에서 번개가 치는 것 같은 통증이 일어나면서 스뽀오츠 정신이 급작스럽게 발동되었다. 급브레이크 때문에 아무리 타이어가 잘 길들여져 있는 바이크라도 슬립하기 딱 좋은 기울였는데 그 한계가 극복되었다. 길바닥에 미끄러진다는 건 곧 트럭에 깔린다는 걸 의미했다. 그런데 스뽀오츠 정신이 그 원심력과 관성의 한계를 무시하며 오토바이를 똑바로 세우게 했다. 동시에 가속 그립을 끝까지 당기자 오토바이는 스뽀오츠 정신에 맞장구를 치듯 앞바퀴를 들며 튀어나갔다. 홍해가 갈라지듯 하늘도 갈라지고 공기와 시간과 삶과 무덤과 교훈과 법칙들이 갈라졌다. 속도 때문에 시공간이 뒤틀리면서 나만이 제대로 된 속도로 움직이는 것 같았다. 적어도 나는 그렇게 느꼈다. 이러면 안 된다고 명함을 내밀려던 물리법칙은 개무시당했다. 내 죽음이 도래했을지도 모를 그 자리를 피하는 순간 트럭이 쌩하고 지나갔다. 멀리서 보면 오토바이와 한 덩어리가 된 남자가 사고 직전에 뿅, 하고 순간 이동을 하는 걸로 보였을 것이다. 놀랄 틈도 없이 등줄기에서 식은땀이 주르륵 흘러내렸다. 그렇지만 속도를 줄이고 싶지 않았다. 스뽀오츠 정신의 희열을 다시 맛보게 되다니.

아파트 단지로 진입하는 길의 과속방지턱을 밟자 내 몸은 오토바이와 함께 날아올랐다. 나는 아파트 진입로 차단 봉을 날아서 뛰어넘었다. 재킷이 슈퍼맨의 망토처럼 펄럭펄럭 휘날렸다. 그 모든 순간이 마치 슬로모션처럼 인식되었다. 입에서는 나도 모르게 괴성이 튀어나왔다.

"우에에에에에."

죽을 뻔했지만 너무 반가웠다. 너무 아름다웠다. 그래, 스뽀오츠 정신이 내게 돌아왔다. 돌아온 스뽀오츠 정신은 죽을 고비를 넘겨주었다. 인간의 가장 큰 한계를 극복하게 해준 것이다.

그리고 이겼다는 것을 알았다. 적어도 승부에서는 지지 않아야 바보가 되지 않는다. 그것이 바로 내가 배달을 다니면서 목격한 세계에서 깨달은 해답 중의 하나였다. 이기지 않으면 밥도 못 먹는다. 승자들은 바쁘고 쾌활하게 일하다가 환한 표정으로 식사를 맞이했지만, 패자들은 온갖 인상을 구겼고 음식이 와도 먹을 여유조차 없어 보였다. 그런 곳에선 밥값도 받기 힘들었다. 만날 다음에 준다거나, 이따 받으러 오라거나, 외상 장부 하나 만들어달라거나, 열패감에 도리어 큰소리를 쳤다. 그때 사람들의 표정은 하나같이 궁색해 보였다. 이왕 세상에 태어나 어떤 분야에서든 선수로 살아가며 그 따위 표정을 짓지 않으려면 이기기 위해 최선을 다해야만 한다. 각자의 스뽀오츠 정신을 어떻게든 발동해야 한다.

승리를 확신한 나는 갓 면도를 마친 남자의 턱처럼 매끈한 기분이 되었다.

아파트 현관에 들어서서 엘리베이터가 십오 층에 멈춰 있는 것을 본 나는 계단으로 삼 층까지 뛰어 올라갔다. 위험을 무릅쓰는 용기, 지치지 않는 순발력, 계단의 중력을 압도하는 튼튼한 다리! 배달 선수의 기본 조건이다. 거기에 스뽀오츠 정신이 더해지자 삼 층 높이를 계단 세 칸처럼 몇 초 만에 뛰어오를 수 있었다.

숨조차 헐떡이지 않고 도착한 배달 장소는 빈집에 도배를 하고 있는 현장이었다. 중년 남자 둘이서 땀을 뻘뻘 흘리며 벽지에 풀을 바르고 있었다. 한 명이 바르고 한 명이 붙이는 동작이 물 흐르듯 연결되는 걸로 봐선 도배 선수들 같았다. 나는 우렁차게 외쳤다. 승자의 외침이므로 우렁차야만 했다.

"식사 왔습니다!"

"거기 둬."

둘 중에 마르고 깐깐해 보이는 사람이 말했다. 나는 철가방을 열고 짜장면 그릇과 짬뽕 그릇을 꺼냈다. 그리고 뭔가를 더 꺼내야 하는데 손에 아무것도 잡히질 않았다. 아니, 그럴 리는 없다. 이 일을 시작한 이래 한 번도 하지 않았던 실수다. 분명히 챙겼을 것이다. 나는 철가방 안을 샅샅이 훑었다. 그런데 있어야 할 것은 완전히, 완벽하게 없었다.

망했다.

나는 본능적으로 집안을 훑어보았다. 빈집에 젓가락이 있을 리가 없었다. 또한 단무지의 빈자리란 그 어떤 맛있는 짜장면으로도 채우기 힘든 종류의 허전함이라는 사실을 알고 있다. 팽팽한 긴장감과 집중력과 스뽀오츠 정신으로 가득 차 있던 몸의 구성 요소가 한 줄기씩 급격하게 빠져나가는 듯한 느낌이 들었다. 팔꿈치가 몹시 아팠다.

"아따, 짱깨. 어지간히 빠르구먼. 얼마지?"

마른 남자에 비해 조금 뚱뚱한 쪽이 말했다. 나는 간신히 있는 힘을 다 짜내어 고백했다.

"죄송하지만 젓가락을 안 가져왔습니다."

두 사람이 동시에 나를 돌아봤다. 선수끼리 왜 이래? 하는 표정이었다. 정확하게는 속도만 좇는 인생이 간과한 것들에 대한 증거를 포착한 표정이었다. 하지만 그들은 밀려오는 패배감에 사로잡힌 내 진지한 표정 앞에서 다시 표정을 누그러뜨렸다. 선수끼리 그럴 때도 있다는 걸 선배로서 충고하고 싶은 것 같았다.

"그럼 얼른 요 앞 슈퍼에서 사 와. 식으면 돈 못 줘."

"고맙습니다. 번개처럼 가져오겠습니다."

나는 철가방 문을 끼워 넣고 계단을 뛰어 내려갔다. 그러나 곧 터덜터덜 내려오게 되었다. 다 이겼다고 생각한 게임에서 졌다. 슈퍼에 갔다 오고도 노랑머리 놈보다 빨리 가게로 돌아갈 수는 없는 것이다.

게임의 승패라는 단어는 누가 이겼는지, 그것만 확연히 구분해줄 뿐이다. 패자는 변명할 기회도 없고 변명해서도 안 된다.

나는 대책 없이 우울해졌다. 고개가 저절로 힘없이 숙여졌다.

그리고 오토바이 위에 다시 앉았을 때 오토바이 키를 삼층에 두고 왔다는 사실을 떠올렸다. 그제야 도착한 노랑머리가 내 옆에 오토바이를 세우고 엄지손가락을 올려 보였다. 거기엔 존경심과 패배감이 동시에 담겨 있었다.

나는 쓰디쓴 표정을 짓고 있는 노랑머리에게 비굴하게 물었다.

"……젓가락 남는 거 있냐?"

노랑머리의 표정이 변했다. 미소를 잠깐 짓는 것 같았다. 내게로 향했던 엄지손가락이 절벽에서 떨어지듯 순식간에 허리춤의 가방으로 내려갔다. 다시 올라왔을 땐 손가락 사이에 젓가락이 삐죽 끼어 있었다. 검지와 중지 사이에 엄지를 끼우고 내미는 동작처럼 느껴져 제대로 약이 오르려는 순간 노랑머리가 안 하던 존댓말을 했다.

"다짱은 있으세요?"

나는 다 찾았다고 믿었던 삶에 대한 해답을 놓쳐버렸다. 맛까지도 빠른 속도에 없는 경지가 가진 의미, 라는 개코같이 순진한 깨달음으로는 세상이라는 변화무쌍한 논리를 따라갈 수 없었다. 내가 알고 싶은 것과 세상이 요구하는 것은 늘 다르다. 빠른 속도 때문에 무언가를 놓쳐서는 안 된다, 라고 스스로 깨달은 척했지만 그것 또한 알고 보니 치기에 불과했다. 그리고 나는 소속팀에서 방출당했다. 그 과정은 이랬다.

"패배의 책임을 지고 그만둬라."

"네? 친선 게임 한 판 졌다고 그만둬야 합니까?"

"넌 매너리즘에 빠진 데다 치명적인 실책까지 범한 싸구려 선수일 뿐이야. 우리 '중화요리 이소룡'의 명예를 훼손했고 배달업의 긍지 및 자존심에 큰 상처를 입혔어."

"재기할 기회도 안 주깁니까? 저, 아까 스뽀오츠 정신을 다시 찾았단 말입니다."

"스포츠? 인마. 이건 취미 활동이 아니라 엄연한 직업이야. 당장 그만둬."

내 생각에 엄연한 직업이라면 이렇게 그만두게 하는 건 옳지 않아 보였다.

"솔직히 말해주세요. 한 번의 패배가 그렇게 큰 잘못인가요? 진짜 왜 이러세요?"

전광석 씨는 머리카락을 손가락으로 휘저으며 인상을 썼다. 그리고 한숨을 길게 내쉬었다.

"광택아, 우리 요즘 장사 안 되는 거 알지? 완전 극단적인 한계야. 내가 다시 배달 뛰고 한 명 자르고 싶어. 근데 듀카티는 임금이 싸. 쟤는 기본급으로 일해. 근데 너한테 이겨. 반면 너처럼 기본을 잃은 놈은 졸라 전단지도 안 돌리고 외모나 신경 쓰면서 기본급의 세 배를 받아 가. 너라면 어떡할래?"

아, 나는 기본을 버리려 했던 게 아니었다. 깊이를 더하고 싶었을 뿐이다. 그런데 깊이를 추구하면 기본을 잃는다니, 하여간 인생이란 알 수가 없다. 시커먼 짜장 같고 복잡한 짬뽕 같다.

내가 못 알아듣는 척 뭉그적거리자 전 꼰대는 쓰레기통을 와그작 걷어찼다.

"솔직히 설명해줘도 몰라? 대가리가 닭고기로 되어 있어? 널 자르는 게 지금 난조에 빠진 경영을 추스를 나의 마지막 카드란 말이다!"

양철 춘장 깡통이 그리는 포물선과 벽에 가서 부닥치는 시끄러운 소리에선 역시 어떠한 상징이나 의미도 찾을 수 없었다. 존경심도 한때라는 생각이 들었고 도무지 모르겠는 게 인생이구나 싶었다.

"사장님, 인생의 답은 뭘까요? 우리는 왜 사는 걸까요."

전광석 씨는 그 질문을 듣고 몹시 화난 표정이 되었다.

"내가 그걸 어떻게 알아!"

그는 벽에 맞고 튕겨져 나온 깡통을 한 번 더 걷어찼다. 퇴직금도, 송별회도 없었다. 전 꼰대가 왜 그렇게 화를 내는지 알 수 없었다. 답을 찾기 어려운 질문을 던지면 화를 내는 스타일인 건 알고 있었지만 이번엔 좀 심했다. 이원식 씨가 그리웠다. 그는 최소한 개똥철학이라도 늘어놓았는데.

"듀카티, 너는 왜 배달을 하지?"

짐을 챙겨서 나오는 길에 담배를 피우고 있는 노랑머리에게 물었다.

"오토바이가 좋으니까."

"좋아하는 것엔 무슨 의미가 있지?"

"돈 모아서 듀카티 사는 것."

"그다음엔?"

"그다음을 왜 생각해? 듀카티가 있는데."

나도 모르겠다. 나는 사고 싶은 것도 없고 먹고 싶은 것도 없다. 그냥 멋진 선수로 보람차게 존재하고 싶었는데 실패했다. 그날부터 나는 술을 배웠다. 집 근처 번화가를 방황하는데 '고텐부르크'란 바가 보였다. 왠지 괴상한 이름에 이끌렸다. 오토바이를 운전하는 선수 생활의 명징한 정신 상태를 위해 술을 전혀 즐기지 않았지만 어쩐지 들어가보고 싶었다. 뭘 주문해야 할지 몰라 가장 센 술을 달라고 했다. 바텐더는 바카디를 가져왔다. 술을 마시자 식도가 타는 듯했고, 뜬금없이 현희가 그리워 가슴이 타는 듯했다.

이런 거였구나, 술은. 몸과 마음을 태우는 거로구나.

나는 바텐더에게 종이와 펜을 달라고 부탁해 현희에게 긴 편지를 썼다.

다음 날 술이 깬 뒤 읽어보니 맞춤법이 열세 군데나 틀려 있어 편지를 확 찢어버렸다. 숙취에 시달리고 있을 때 어머니에게서 문자메시지가 왔다.

– 제발 오토바이 타는 일 그만하면 안 되니?

나는 짧게 답신했다.

– 어제 잘렸어요. 걱정 마세요.

– 저런, 어떡해? 이제 뭐할 거야? 생활비는 있니? 퇴직금 같은 것도 안 줘?

– 얼른 다른 일 구하면 되죠.

– 이젠 제대로 된 일 좀 해, 응? 제발.

어머니에게 인정받지 못하는 일은 그만두는 게 옳아 보였다. 어머니의 문자메시지는 맞춤법이 하나도 틀리지 않았다. 하지만 내가 배달 말곤 뭐 할 게 있을까 싶었다. 어머니와 나의 세계 인식이 다르다는 걸 설득할 맞춤법이 없어 더 암울했다.

나는 계속 술을 마셨다. 술은 인간을 위로하는 덴 선수인 것 같았다. 타는 듯한 괴로움을 망각시켜 버리는 물질.

이런 거였구나. 술은.

*

"에헤이, 광택 씨. 일어나. 아, 좀 이러지 말고. 이 친구 오늘 왜 이래."

포장마차 형의 목소리에 눈을 떴다. 내가 언제부터 눈을 감고 있었지? 언제부터 승부의 세계를 망각하고 있었던 거지? 눈앞에 술집 바닥이 보였다. 왼쪽 뺨이 차가웠다. 나는 바닥에 모로 누워 오토바이 타는 시늉을 하고 있었다. 한 손엔 젓가락을 꼭 쥔 채로.

나는 아뿔싸, 하며 간신히 몸을 일으켰다. 어떤 사람이 나에게 다가와 손을 잡고 일으켜주었다. 나와 술 시합을 벌였던 사내였다. 그는 조금도 흐트러짐이 없었다. 완전한 패배

를 인정해야 할 듯싶었다. 스뽀오츠 정신은 나의 간절한 주
문에도 발동하지 않았다. 술 시합 따위에서 발동하기엔 너
무나 고결한 정신이었던 것인가. 아무 변명도 하고 싶지 않
았다.

"제가 졌어요. 멋진 승부였어요."

나는 그렇게 말하려 했지만 그것은 인간의 언어가 되지
못했다. 뭐, 저의 었어요, 무쓰 쓰스에어, 라고 발음될 뿐이
었다.

패자는 카운터에 가야 한다고 배웠기 때문에 지갑을 꺼내
려고 했으나 손이 주머니에 들어가지 않고 자꾸 미끄러졌다.
신체 중 멀쩡한 부분은 뇌의 극히 일부분과 청력뿐인 것 같
았다. 내 전가의 보도인 스뽀오츠 정신을 써보지도 못하고
이렇게 지고 말았구나 생각하니 쓸쓸했다.

사내가 나에게 한마디 던지는 목소리가 들려왔다.

"미안하오. 아직 애송이구만."

그의 목소리는 따듯한 듯하면서도 장중했다. 술을 그렇게

마셨는데도 포스를 잃지 않은 어투였다. 처음부터 이 남자의 목소리에 좀 더 유념했더라면 만만치 않은 내력을 읽을 수 있었을 텐데. 그럼 감히 도전하지도 않았을 거다. 겉으로 판단해서 알 수 있는 건 거의 없구나. 세상엔 왜 이렇게 고수가 많은 걸까.

날라리 같았던 노랑머리에게 졌던 일도 그렇고, 허름한 동네 아저씨에게 진 것도 그렇고.

어쩐지 살아가는 일과 승부를 벌이는 짓에 자신이 없어졌다. 나는 다시 포장마차 바닥에 털썩 무릎을 꿇었다. 무릎이 몹시 아팠다.

"에헤이, 또!"

사내가 내 겨드랑이 사이에 손을 끼워 넣고 강하게 힘을 주었다. 아마도 나를 일으켜 앉히려는 것 같았다.

"제대로 앉지도 못하겠소?"

사내가 나를 꾸짖는 것 같았다. 나는 부끄러워서 그렇다는 대답조차 할 수 없었다. 아세트알데히드, 라고 적힌 머리띠를 두른 장난꾸러기 녀석들이 머릿속을 마구 뛰어다니며 각종 뇌 기능을 망가뜨리는 듯한 기분이었다. 말도 못할 만큼 취한다는 게 이런 거구나. 사내의 도움으로 간신히 의자에 앉은 나는 다시 자빠지지 않으려고 애쓰며 남아 있는 의식을 부여잡았다.

"지베 그아오 시포요."

아아, 말 좀 제대로 하고 싶었다. 제발 헛바닥이 말 좀 들었으면. 사내가 되물었다.

"집에 가고 싶소? 집이 어디요?"

내게 집이 있는 건 확실한데 잘 생각나지 않았다. 합정동이었나, 외발산동이었나, 예테보리 노보텔이었나, 파푸아뉴기니 포트모르즈비 도미토리였나 헷갈렸다. 집을 기억하려 할수록 뜬금없이 현희만 떠올랐다.

"아아, 현희……."

"저기 삼거리 현희 빌라? 다시 말해보시오. 거 집이 어디요?"

사내는 내 귀에 숨결이 느껴질 만큼 가깝게 얼굴을 대고 되물었다.

"전 현희를…… 여전히…… 사랑해요."

입에서 계속 엉뚱한 대답이 나왔다. 몸은 연체동물처럼 의자 밑으로 주르륵 흘러내렸다.

"이 친구 너무 오락가락하오. 혼란을 가중시켜선 안 되겠소. 일단 가만히 앉혀놓아야겠소."

사내는 무너지는 나를 힘껏 일으켜 세워 부축한 뒤 또다시 의자에 앉혔다. 나는 상체를 가눌 수 없어 테이블에 귀를 대고 엎어졌다. 볼썽사나운 꼴이 될까 봐 테이블 위의 술병과 안주 접시를 엎지 않고 싶었지만 이미 와장창, 하고 바닥에 뭔가 떨어지는 소리가 났다. 어우 씨, 팔다리도 제멋대로고, 이렇게 진상을 부리다니. 쪽팔려서 다신 이 포장마차에 못 올 거야. 훌륭한 아지트였는데.

안주로 먹던 붕장어 회가 널브러져 있는 테이블 위에서 희미한 비린내가 났다. 어쩐지 그리운 냄새였다. 그때 포장마차 안에 묵직한 피아노 소리가 주아악 깔렸다. 볼륨이 커서 소리는 테이블의 매끄러운 표면을 타고 진동했다.

"베, 베토벤 아닙니꽈."

역시 말은 제대로 나오지 않았다. 내가 포장마차 형에게 베토벤을 몹시 좋아한다고 얘기했던 기억이 났다. 형이 술에서 깨라고 음악을 틀어준 건지도 몰랐다.

"광택 씨가 이렇게 취한 모습 처음 보네. 하지만 착한 친구예요. 좀 자고 나면 깨겠죠."

포장마차 형의 반가운 목소리가 개입했다. 그제야 내 옆구리 사이에서 사내의 손이 빠져나갔다. 나는 편안히 테이블에 기댄 채 베토벤을 들으며 다시 의식을 잃었다.

*

배달을 그만둔 뒤, 나는 인생의 암흑기에 갇혀버렸다. 때마침 나의 패배와 마찬가지로 대한민국은 국제통화기금에서 구제금융을 받는 신세가 되고 말았다. 세계와 호기롭게 승부를 벌이던 대한민국은 초라한 패배자처럼 꼬리를 내린 채 찌그러져 있어야 했다.

그 무렵 술은 특유의 릴렉스 효과와 모종의 정신적 쾌감을 바탕으로 금세 나의 절친이 되어 있었다. 나는 붕어처럼 술을 마셔대며 시간을 죽였다. 쓸데없는 시간을 죽여가면 쓸모 있는 시간이 항구처럼 도래한단다. 술은 내게 늘 그렇게 속삭였다. 술을 안 마실 방법은 없었다. 술을 마시면 우울이 가

시면서 방 안에서 노래를 부르며 춤을 출 수도 있었으니까.

"괜찮아, 잘될 거야……."

술에 취해 그런 노래를 부르며 트위스트를 추면 모든 게 다 잘될 것 같았고 이미 다 괜찮아졌다는 안도감이 생겼다. 그것이 술의 가장 나쁜 점이었다. 진실을 호도하는 것. 한계와의 승부를 회피하면서 요행을 기다리게 만드는 것.

어느 날 술을 사러 갔는데 돈이 없었다. 외상은 안 된다고 편의점 주인이 손사래를 치는 동안 나는 계산대 옆의 거울을 보았다. 술로 내상을 입은 남자가 거기 서 있었다. 나라도 외상을 줄 수 없는 행색이었다.

다른 건 몰라도 그따위 행색으로 사는 건 용납이 안 됐다. 나는 정신을 차리고 다시 한 번 승부를 걸어보기로 했다. 어머니의 뜻을 거스르긴 싫었지만 일단 또 배달 일부터 찾았다. 놀던 물에서 노는 게 편할 것 같았다. 배달원으로서의 선수 생명은 아직 끝난 게 아니라고 믿고 싶었다. 기왕 오르려 했던 나무에서 열매를 따고 싶었다. 그러나 나는 술 때문에 멘탈이 무너져 있는 상태였다. 더구나 구제금융 때문에 사회 또한 의욕이 무너져 있었다. 선수를 필요로 하는 일자리가 없었고 나 역시 안일했다.

나나 세상이나 서로 활기차게 승부를 펼쳐볼 흥미를 잃어버린 것 같았다.

어쨌든 나는 아무 일이나 했지만 가는 곳마다 얼마 버티지 못하고 업주들에게 엿을 먹이며 금방 때려치우는 부적절한 놈이 되었다. 한 번 미끄러진 배달이라는 나무를 다시 기어오르는 일은 승부욕을 자극하는 목적의식이 될 것도 같았지만, 한 번 제대로 싸워보자고 결심하는 순간 갑자기 몹시 외롭다는 생각마저 들었다. 거길 기어오르면 무슨 열매가 있을까. 듀카티? 뽕카? 그런 건 내게 필요 없었다.

애인도 없고, 친구도 없고, 돈도 없고, 팔꿈치는 아픈데, 빌어먹을 예비군 훈련은 가야 했다.

제대로 암흑기였다. 유일한 친구인 술을 마시지 않으면 외롭고, 외롭지 않으려고 술을 마시면 술은 번번이 야, 그딴 일 때려치워, 괜찮아, 잘될 거야, 하면서 배달원으로의 재기를 막아섰다. 할 수 있는 게 배달밖에 없는데도.

그러다 보니 일 때려치우는 선수가 되어 있었다. 그건 변변한 보람조차 없는 선수 생활이었다. 변명하자면 치킨 배달은 닭 튀기는 속도가 너무 갑갑해서 때려치웠고, 얼음 배달은 오토바이가 휘청거릴 만큼 미친 듯이 무거워서 때려치웠고, 피자는 쪽팔리게 50cc 스쿠터만 타야 해서 때려치웠다. 표면적인 이유는 그랬지만 내면적으론 말썽쟁이 사장이나 어리고 대책 없는 동료 고딩 선수들, 웃기고 있는 급여 등의 이유도 있었다. 어느 날 출근해보니 가게가 없어져 자동으로 때려치우게 된 황당한 경우도 있었다. 그렇게 때려치우는 경험과 경력이 쌓이자 나는 결국 아무 이유 없이 때려치우기도 하는 상당한 경지에 올랐다. 때려치우는 동작과 멘트도 선수답게 나날이 발전했다.

그동안 스뽀오츠 정신은 한 번도 발동하지 않았다. 인내심을 갖고 인생을 잘 가꾸어볼 마음도 없는데, 인간의 한계를 넘나드는 스뽀오츠 정신을 발동하면 오히려 이상한 거였다. 그린 선수 생활은 의미가 없었다.

아아, 엄마 말을 안 들어서 이렇게 된 건가.

엄마가 시키는 대로 했으면 이십 대 후반에 배달업 때려치우기 선수로 살지 않았을 텐데. 아무런 꿈도 미래도 없는 인생이 되지 않았을 텐데. 하지만 누군가 배달을 해야 하는 건 맞다. 거기에서 보람을 느끼고 점점 발전해나갈 수 있다면. 그러나 우리나라에선 사람들의 대우나 시선이 너무나도 아마추어 수준이었다. 서양에서는 배달원도 엄연히 프로 대우를 받는 직업이라고 들었다. 내가 사는 곳이 한국이라는 게 원망스러웠다. 이곳에는 선수로서 승부를 벌여볼 만한 화끈한 직업의 세계가 없는 것일까.

한국을 떠날까. 국제적인 선수가 되면 잘할 수 있을까. 스웨덴 어딘가에 있다는 예테보리에 가서 청어 배달 선수가 될까. 스웨덴어를 할 줄 모르는 나 같은 배달원도 선수로 써줄까. 혹시 국제적으로 미친 배달 고수들이 즐비한 게 아닐까. 그렇다면 아주 재미있는 승부가 될 텐데.

생각만 하고 자빠져 있는 건 좋은 아이디어가 아닌 것 같았다. 막연한 동경엔 의미가 없다. 움직여야 했다. 프로 선수로서의 내 직업전선에 도래한 암흑기가 길어질까 봐 두려웠다. 그리고 나는 인터넷 구인 사이트에서 이런 제목을 발견했다.

선수 모집

아아니, 선수 모집이라니. 이 얼마 만에 들어보는 새콤한 어휘인가. 나는 방바닥을 뒹굴뒹굴 구르며 즐거워했다. 다시 한 번 확인해도 그 낱말은 버젓이 선명했다. 이것은 바로 나를 부르는 신호가 아닌가. 암흑기와 슬럼프를 벗어나라는 계시였다. 그라운드로 돌아오라는 사인이었다. 나는 재빨리 클릭했다.

외모나 개성에 자신 있는 이십 대 남자 선수 구함.
월 삼백 이상 보장. 이력서, 자기소개서 필요 없음.
새벽 타임 근무. 술 좋아하고, 일 열심히 할 분.
자세한 내용은 전화 문의 바람.

무슨 일을 하는 건지는 적혀 있지 않았다. 그런데 월수입 삼백만 원 보장이라니, 월세가 몇 달 치야? 이상한 업소가 아닐까 의심스럽지만 가보기나 하자. 선수라잖아. 나 술 좋아하잖아. 혹시 술로 유명한 선수가 될지 누가 아나.

　나는 몸을 다시 추슬렀다. 매무새를 말끔하게 정돈한 뒤 거울을 보니 외모나 개성 둘 중 하나는 괜찮다는 판정을 받을 수 있을 것 같았다. 나는 목소리를 가다듬고 전화를 걸었다. 목소리가 냉동 만두 같은 남자가 전화를 받았다. 전자레인지에 삼 분쯤 데우고 싶은 목소리였다.

　"술 좀 마시나?"

　"그럼요. 술이랑 친합니다."

　"키는?"

　"백팔십삼이오."

　"일단 보자."

　그는 방배동으로 오라고 했다. 방배동에 도착하자 업종을 알 수 없는 간판이 달린 가게들이 눈에 띄었다. 나를 만나고 한 곳에도 그런 간판이 달려 있었다. 뭐 하는 곳인지 궁금하던 차에 잘됐다고 생각하며 들어갔는데, 잘생긴 친구들이 나를 위아래로 살폈다. 이 친구들이 선수들인가? 캐주얼한 미소년 스타일도 있고 생양아치 스타일도 있고 정장을 제대로 갖춰 입은 앳된 신사도 있었다. 연예기획사 연습실인가.

그러나 벽면 거울이 달린 커다란 홀 같은 건 없었고 고급스러운 인테리어의 룸이 설치되어 있었다. 호스트바 같다는 생각이 들었다.

"면접 보러 왔습니다."

잘생긴 친구들이 담배 한 대씩을 피워 문 채로, 머리를 단장하거나 옷매무새를 고치다 나를 쳐다봤다. 한 명이 풉, 하고 웃었다.

"요즘 누가 일자 바지 입어요?"

내 얘기였다. 그러고 보니 다들 디자인이 우수한 바지를 입고 맵시를 과시하고 있었다. 모두 비율이 우월해서 스타일이 살아 있었고 옷과 액세서리가 조화롭게 매치되어 있었다.

"일자 바지 아닌데? 세미 배기인데?"

내가 날을 세워 얘기했지만 그 말엔 아무도 대꾸하지 않았다. 지금껏 잘생겼단 얘기는 자주 듣지 못했지만, 최소한 못생겼다 내지는 옷 못 입는다는 얘기는 한 번도 안 듣고 살았다. 적당한 키, 선수 생활로 단련된 군살 없는 몸매, 초롱초롱한 눈망울을 가진 매력적인 놈이다, 라고 스스로 생각하며 살아왔다. 동아시아 배달원 중에서 비주얼로는 원탑이라는 얘기도 들었다. 그러나 이곳의 선수들 사이에 끼어 있는 나는 한 마리의 상한 오징어처럼 보였다.

어색한 와중에 만두피처럼 보이는 흰 정장을 위아래로 걸친 남자가 나타났다.

"신광택?"

나는 고개를 끄덕였다.

"어서 와. 난 여기 마담 쭌. 선수 생활 해본 적 있나?"

아저씨가 마담이라니 역시 호스트 바가 맞는 것 같았다. 낭패감을 느꼈지만 일단 질문에는 대답해줬다.

"세차와 배달 선수로 뛰었습니다."

만두피는 근사한 농담이라도 들은 듯 핫핫핫 하고 한참 웃었다. 그는 나를 면밀히 스캔했다.

"몸은 그런대로 좋고 얼굴도 개성 있네. 선수 생활 잘하겠어. 눈이 초롱초롱하니 닉네임은 초롱이로 하면 되겠고."

그 말을 한 뒤 그는 또 괜찮은 농담을 한 것처럼 핫핫핫 하고 한참 웃었다.

"여기 호빠죠?"

"그럼. 딱 보면 모르나?"

"저는 선수 모집이라고 해서……."

"어이, 그냥 술 마시고 노는 일 아니야. 선수답게 놀아야지. 여기도 만만치 않은 프로의 세계야. 응? 세상에 안 그런 일이 있나."

잠시 든 생각은 술 마시며 돈을 내느니 술 마시면서 돈을 버는 게 나을 것 같다는 것이었다. 우선 돈이 급했고, 직업에 대한 편견도 없었다. 하지만 이곳에서 내가 선수로서 어떤 승부를 벌여야 할지, 어떻게 스뽀오츠 정신을 꽃피울 수 있을지는 가늠할 수 없었다.

게다가 젠장, 초롱이라니. 잘생긴 녀석들 사이에서 초롱이로 선수 생활을 하면 쪽팔림을 견뎌낼 방법이 없을 것이다. 게다가 기존의 선수들이라는 저놈들의 눈빛이 마음에 들지 않았다. 처음엔 나름 좀 생겨먹었다고 생각했지만 다시 보니 밤새도록 게임을 해서 피곤한 남자애들로 보였다. 길에서 보면 한 번쯤 돌아볼지도 모를 외모들이었지만 특별한 생명력을 발산하는 놈은 드물었다. 어딘지 모르게 '사이즈 나오는 여자 하나 공사 쳐서 팔자나 고쳐야지' 하는 생각이 실시간 자막으로 흐르는 것 같은 눈빛들이었다. 눈빛은 속일 수 없다. 사실 호빠에서 열심히 술을 서빙하려고 일하는 건 아니지 않은가. 나쁘다는 건 아니다. 특정 고객의 특정한 쾌락을 위해 이바지하는 서비스 정신, 외롭고 쓸쓸한 여자들을 위해 자신의 간과 쓸개를 희생하는 보람을 가진 선수가 있을지도 모른다. 하지만 이 가게에는 없는 것 같았다. 승부욕을 점화시킬 경쟁자가 없다면 흥미로운 승부가 아닐 것이다.

그렇다면 살아가는 의미가 나와는 안 맞을 것 같았다. 흥미가 없는 일에 열정의 꽃은 피어나지 않을 것이고 열정이 없으면 경기가 아니다. 미안하지만 못하겠다는 얘기를 막 꺼내려는 순간 마담이 말했다.

"잘하는 거 뭐 있어? 특기가 뭐야?"

"오토바이 잘 탑니다."

나는 엉겁결에 대답했다. 만두피는 이번엔 웃지 않았다. 그는 허공을 한번 쓱 노려본 뒤 나와 시선을 날카롭게 마주치며 말했다.

"보자 보자 하니까 못쓰겠네, 웃어주니 만만해? 생각을 하고 말해야지. 룸에서 오토바이 탈래?"

내가 주섬주섬 일어나 가게에서 나오자 다시 핫핫핫 하

는 웃음소리가 들려오는 듯했다. 할 마음도 없었는데 퇴짜를 맞다니. 이제 때려치우기 선수로서도 허를 찔린 채 은퇴해야 할 지경까지 온 걸까.

나는 호빠에서 나와 터덜터덜 걷다가 길을 잃었다. 천하의 신광택이 어딘지 알 수 없는 곳이 있다니. 망가지고 무너져 있는 내 상태가 한심했다. 나는 왜 삶에 정착하지 못하고 이 모양으로 헤매는 것인지 답답했다. 암흑기 이 새끼, 어떻게든 이겨줄 테다, 하고 승부욕을 불태워보았지만, 그것은 피식피식하고 시동이 걸리지 않는 고장 난 오토바이 같은 소리를 낼 뿐이었다.

낙엽이 한 장 날아와 마빡에 달라붙자 답답함은 곧 쓸쓸함으로 바뀌었다. 누군가와 몹시 대화하고 싶었다. 휴대폰을 꺼내 주소록을 검색했다. 현희에겐 차마 전화를 걸 용기가 없었고, 통화할 만한 사람이라곤 엄마밖에 없었다.

"별일 없어요? 보고 싶어요."

"거짓말하지 마. 보고 싶다는 놈이 집에 오지도 않고 한 달에 한 번도 연락을 안 하니?"

"죄송해요."

"일자리는?"

"아직……."

"아들 하나 있는 게 왜 이렇게 사니!"

엄마는 화를 냈다. 그러고는 난데없이 첫사랑 현희가 시집 간다는 소식을 알려주었다.

"남편이 스웨덴 사람이래. 사람 좋고, 잘생기고, 직업이 요리사란다. 예식도 서울에서 한 번 하고 예테보리에 있는 성당에서 또 한 번 한다는데 현희는 참 좋겠어. 웨딩드레스를 두 번이나 입어보겠네."

별로 알고 싶지 않은 소식을 알려주는 걸 보니 엄마가 정말 화났다는 걸 알 수 있었다. 아니나 다를까, 엄마는 곧 소리쳤다.

"너는 엄마 말 안 듣고, 네 맘대로 살더니 그 새치름한 애가 아깝지도 않니!"

할 말이 없었다. 나는 앞으로 전화를 자주 하겠다고 말하며 서둘러 전화를 끊었다.

전화를 끊자 현회의 결혼이 실감되었다. 뭔가 인생을 지탱하는 필수 구성 요소가 몸에서 빠져나가는 듯한 느낌이 들었다. 요리사라니, 재미없는 농담이나 할 것 같은 직업인데 어떻게 현회가 사랑에 빠졌을까? 엄마 절친의 딸인 이상 언제든 소식을 알 수 있는 존재이자 가까이에 있는 사람이라고 생각했지만 이젠 그 느낌조차 농담 같아졌다. 예테보리라, 거긴 아름다운 곳일까. 드레스를 입은 현회보다 아름다울까. 현회는 그곳에서 아름답게 살게 될까.

여전히 답은 알 수 없었다. 지금 내 삶은 참 거지 같아도 언젠가 성공해서 현회를 다시 만날 날을 생각하면 그걸 잊을 수 있었다. 그러나 이제 아름다운 그녀도 내겐 없다. 나는 너무 늦었다. 그 사실이 목을 몹시 따갑게 했다. 사랑하는 사람이란 목구멍에 걸려 넘어가지 않는 존재인가 보다.

*

나는 참 아름답지 못한 자세로 포장마차 바닥에 처누워 있었다.

"어허 또 이러네, 그러다 입 돌아가겠소."

나와 대결하던 사내의 목소리를 듣고 깨어났다. 내가 테이블에서 굴러떨어져 또 바닥에 누워버린 것이었다. 눈을 뜨자 사내의 손목이 보였다. 태그호이어 시계가 반짝 빛났다. 이런 시계를 차는 사내였나. 허름한 동네 아저씨가 아니잖아. 내가 상대를 완전히 잘못 봤군. 내가 차고 있는 플라스틱 시계가 초라해 보였다. 그런데 얼마나 잤는지 모르겠지만 왠지 몸이 개운했다. 술에 안 취한 건 아닌데 술로 인해 특별한 지점에 도달해 있는 것 같았다. 술기운이 살아 있는 고래처럼 몸속을 헤엄치는 건 여전했지만 더 이상 고통스럽지 않았고, 어쩐지 정신의 일부분이 정상으로 돌아온 것 같았다.

나는 일단 포장마차에서 나가고 싶었다. 진상을 부렸을 테니 포장마차 주인 형에게 미안했다. 내가 널브러져 있던 곳을 살폈다. 토하거나 뭘 망가뜨리거나 하진 않은 것 같았다. 다행히 바지도 입고 있었다. 나는 일어나려 애썼다. 포장마차를 닫을 시간인데 나 때문에 못 가고 있을지도 몰라. 반드시 일어나서 집에 가야 해. 그것은 술에 취한 내겐 완수해내기 힘든 미션처럼 인식되었다. 그러나 반드시 해야 했다. 정신이 돌아온 이상 취기와 승부를 내보는 거다. 포장마차 땅바닥에서 밤을 지새울 수는 없다. 일어나라, 빌어먹을 몸뚱이!

나는 술기운에 뻗어버린 몸을 향해 정신력의 한계를 넘어서는 주문을 걸며 일어나려 했다. 이 한계를 이기고 말 테다. 넘어설 테다! 그러자 뻥뻥뻥뻥 하는 진동이 조금 느껴졌다. 반가웠다. 드디어 좀 오는 건가. 나는 취기의 한계를 넘어서기 위해 스스로에게 뻥을 쳤다. 일어서야지. 겨우 소주 다섯 병 가지고. 주량의 반도 안 마셨네. 그런 소리를 되뇌며 최대한 정신을 집중하자 슬며시 내 근력이 아닌 다른 힘 같은 게 다리를 받쳐주는 느낌이 들었다. 왔구나. 그 힘을 이용해 나는 끄응, 하고 일어설 수 있었다. 일어서는 동시에 너무 어지러웠지만 그 어지러움조차 강한 정신력으로 제압하자 '제정신'이 나의 두뇌에서 상륙작전을 벌였고 금세 두뇌를 수복할 수 있었다. 두뇌가 회복되자 몸이 드디어 제대로 된 명령을 따르기 시작했다. 나는 몇 발짝 걸어보고 언제 그랬는지 풀어헤쳐진 바지 단추도 채웠다. 스뽀오츠 정신이라고 불러도 좋을 만한 에너지가 몸 여기저기서 활개를 쳤다. 강력한 원

군이었다. 나를 지배하던 술기운들이 내 몸의 각종 전선에서
퇴각하고 있었다.

"다행이다."

그 말을 하는 내 입에서 술 냄새가 우르르 빠져나갔다. 술
냄새들은 어우 애 뭐야, 하고 외치는 듯 꼬리가 빠져라 도망
가는 형국이었다.

"광택 씨 덕에 오늘은 바닥 청소를 안 해도 되겠군."

포장마차 주인 형이 농담을 건넸다. 하지만 내 옷은 바닥
을 굴러다닌 것에 비하면 그다지 더럽지는 않았다.

"괜찮소? 내가 집에 데려다 주겠소."

사내가 여전히 나를 걱정하는 눈빛으로 바라보고 있었다.
그는 패자인 내게 친절을 베풀려고 했다.

"이제 괜찮습니다."

"정말이오? 이게 몇 개요?"

사내가 내 눈앞에 손가락 세 개를 흔들었다. 내가 대답하
려는 순간 사내가 갑자기 손가락을 두 개로 싹 바꿨다. 이 인
간이, 나 이제 술 완전히 깼는데.

"두 개요."

사내는 멀쩡해진 나를 보며 당황했다. 그의 당황한 표정은 심하게 콧구멍이 벌름거리는 스타일로, 과히 보기 좋지는 않았다. 포장마차를 나온 나는 스뽀오츠 정신으로 간결해진 정신 상태를 느꼈다. 애당초 발동되었으면 취해서 널브러지지도 않았을 텐데 조금 아쉬웠다. 그런데 나보다 많이 마신 이 사내는 멀쩡했다. 술고래가 인간의 탈을 썼거나, 나와 마찬가지로 자신의 한계를 뻥튀기할 수 있는 능력을 가졌거나, 온몸이 알코올 분해 효소로 이루어진 고수이거나 셋 중 하나가 틀림없었다. 사내는 내가 내려다봐야 할 만큼 키가 작았지만 어딘지 모르게 주변의 공기압을 증폭시키는 기개가 느껴졌다. 나는 그 압박감에서 벗어나기 위해 가볍게 스트레칭을 했다. 조금 움직이자 구석탱이로 퇴각했던 술기운이 다시 필사적으로 공격을 퍼부었다. 아차, 가벼운 스트레칭만으로도 가까스로 가라앉은 술이 범람할 위험이 있는 상태였다. 그러나 스뽀오츠 정신이 득달같이 움직여 몸속 알코올 기운의 뒷덜미를 잡아 패대기치는 게 느껴졌다. 그럴수록 더욱 정신이 맑아졌다.

"정말 괜찮은 거요?"

사내가 내게 물었다.

"이제 다 깼어요. 걱정 끼쳐드려 죄송합니다. 제가 졌습니다. 그럼 이만."

사내는 갑자기 내게 박수를 쳤다.

"대단하오. 나와 상대하면서 당신처럼 빨리 뻗는 자도 난생처음이지만 이렇게 빨리 깨는 자도 처음이오. 어떻게 이리 금방 회복될 수가 있소? 술을 더 마시기 싫어서 나를 속인 거요?"

"필름 끊기기 전 기억을 떠올려보면 아저씨가 먼저 속임수를 쓴 것 같은데요."

"그건 미안하오. 오늘은 컨디션이 안 좋아 페어플레이를 하지 못했소."

소주를 다섯 병이나 마셔도 멀쩡한 주제에 컨디션이 안 좋다고? 나는 경악했다. 사내가 내 표정을 보더니 말을 이었다.

"미안하니 내가 이 차를 사겠소. 마실 수 있겠소?"

술을 더 마시고 싶지는 않았다. 필름이 끊겼다 간신히 돌아왔고, 쉬고 싶었고, 오랜만에 발동한 스뽀오츠 정신에 대

한 기록도 해두어야 할 것 같았다. 내가 대답을 망설이자 그
가 말했다.

"혹시나 해서 하는 말인데 당신도 뿡뿡뿡뿡 하는 소리를
들었소?"

아, 다른 사람의 입에서 '그것'을 표현하는 의성어이자 의
태어를 듣게 될 줄이야. 나는 눈을 왕사탕만 하게 떴다.

"네. 그걸 어떻게?"

"역시 그랬군요. 당신에게서 그 강한 소리와 진동을 느꼈
소. 그에 대해 듣고 싶소. 가까운 곳에 단골 하우스 맥주 가
게가 있는데 괜찮은 선수가 만드는 곳이오."

나는 고개를 끄덕일 수밖에 없었다.

*

방바닥을 뒹굴며 실의에 잠겨 있는 동안 내가 응원하는 팀
이 한국 시리즈 우승을 차지했다. 나는 그 역동적인 승부를
만끽하며 방바닥을 박차고 벌떡 일어났다. 야구 경기의 뜨
거운 장면들이 내 안의 뜨거운 기운을 다시 일깨워주는 듯

했다. 나는 암흑기를 탈출할 수 있을 것 같은 예감과 동시에 탈출해야만 한다는 당위를 동시에 느꼈다.

우승 팀이 샴페인을 뻥뻥 터트리며 환호하는 동안 나는 라면을 끓였다. 뭐라도 뜨거운 것을 만들어야 할 것 같았다.

"무엇을 위해 뜨거워져야 하지?"

라면을 팔팔 끓이고 있는 가스 불꽃이 내게 묻는 듯했다. 나는 아직 포기하지 않았으니까. 내 인생을 위해 뜨거워져야 한다. 불꽃처럼 뜨겁게 사는 남자가 되고 싶다. 인생과 뜨겁게 승부하고 싶다. 나는 다각도로 답해주었다.

"네 인생이 뭐지?"

가스 불꽃이 다시 물었다. 한계를 극복하는 불꽃 남자? 장래의 현희 남자 친구?

한국 시리즈 우승을 차지한 감독은 인터뷰에서 말했다.

"야구는 정말 모르겠고 골치가 아프지만 그렇기 때문에 야구가 세상에서 제일 좋아요. 우리는 신 나게 즐겼고 결과도 좋아 행복합니다."

고비 때마다 결승 홈런을 때리며 신데렐라처럼 MVP를 차지한 선수는 울먹이며 말했다.

"오랜 무명 생활이 정말 싫었어요. 이렇게 큰 경기에서 기회가 왔을 때 꼭 뭔가 보여주고 싶었습니다."

아아, 선수들이다. 나는 다시 멋진 선수로 재기하기 위해 필요한 게 무엇인지 눈치 깠다. 우선 좋아하는 게 있어야 한다. 게임을 너무 좋아해서 프로게이머가 되거나 음악을 너무 좋아해서 밴드를 하는 식으로 말이다. 그게 아니라면 싫어하는 것이라도 있어야 했다. 사람이 아픈 게 싫어서 의사가 되거나, 법을 위반하는 놈들이 싫어서 경찰이 되거나, 모르는 게 싫어서 박사가 되거나, 돈 때문에 맘 상하기 싫어서 부자가 되거나 말이다.

나는 왜 이렇게 살고 있었나. 내가 좋아하는 것과 싫어하는 것은 무엇이었나. 우선 빠른 속도를 좋아했다. 가만히 있기 싫고 활동적인 것을 좋아했다. 안 되는 것을 극복하는 걸 좋아했다. 안주하거나 느리거나 정적인 것을 싫어했다. 또한 남들처럼 사는 걸 싫어했다.

이것들이 지금의 나를 구성하는 물질이었다. 그랬다. 하지만 그것들을 조합해봤자 바로 직업으로 연결될 만한 방향이 떠오르지 않았다. 다만 빠르게 나이만 먹어가고 매우 활동적으로 술을 마시며 현실에 안주하기는커녕 생계조차 걱정스러운 놈이 되었으니, 확실히 남들처럼 살고 있지는 않은 셈이다.

나를 객관적으로 파악한다는 건 슬픈 일이었다. 현희가 말한 미래의 어느 지점이 이곳인지도 몰랐다. 그녀는 다른 남자와 결혼하고 나는 형편없는 지점에 갇히고 말았다는 패배감이 밀려왔다.

그렇다고 방구석에서 마냥 뒹굴 수도 없었다. 월세가 밀려가고 있었다. 보증금마저 없었다면 길바닥 신세가 되었을 거야. 길바닥에선 야구를 못 보잖아. 마음이 조급했다.

아버지라면 요런 고뇌를 타파할 일말의 대책을 알고 있을지도 모른다는 생각이 들었다. 대입 시험 때 밥상을 엎은 뒤로 아버지는 나와의 대화 채널 자체를 닫았다. 나 역시 억지로 닫힌 주파수를 뚫고 들어가 대화를 시도할 마음은 없었다. 그렇게 지낸 지 오래라 연락하기도 부담스러웠는데, 이제 와서 아버지와 내가 서로의 마음을 닫고 대치할 이유가 뭐냐는 생각에 이르렀다. 그도 생활인이고 나도 이젠 선수가 아니라 생계가 막연한 생활인인데. 나는 쓸데없이 옷매무새를 가다듬고 전화를 걸었다. 아버지는 대뜸 뜨거운 목소리로 전화를 받았다.

"이놈 자식!"

나는 왜 그래야 하는지 모르겠지만 일단 사과부터 했다.

"죄송합니다. 아버지."

"왜? 왜 전화했어?"

"저, 그게…… 갑자기…… 일이 꼬이고, 어떻게 살아야 할지 막막해서……."

"그래서? 돈 달라고?"

"아니, 조언을 구하고자……."

아버지는 조언? 하고 화를 내려다 꾹 참더니 한참 침묵했다. 전화가 끊어지지 않았나 싶을 만큼 침묵한 다음 그가 입을 열었다.

"다 필요 없다. 자격증 따라. 기술만 배우면 어떻게든 먹고산다."

기술을 배워야 한다는 건 만고의 진리일지도 모른다. 아버지는 통화료가 걱정될 만큼 길게 연설을 했다. 정리하자면 이랬다.

나도 기술만으로 먹고살았다. 풍족하진 않았지만 가늘게나마 우리 식구도 먹여살리지 않았나. 나는 방송 기기를 컨트롤하는 엔지니어였다. 정확한 타이밍에 방송을 송출하고, 다음 프로그램들을 초 단위로 진행되는 제시간에 끼워 넣는 것이 내 역할이었다. 신경이 날카로워져야 했고 매사에 철저해야 했으며 복잡한 기기를 순발력 있게 다룰 줄 알아야 했다. 그런데 90년 대 후반 들어 컴퓨터가 그 복잡한 일을 대신하게 되었고 심지어 한 번 세팅해놓으면 절대로 틀리는 법이 없어 내 역할은 하루아침에 미미해졌다. 나도 컴퓨터를 배우려고 했지만 내 나이엔 너무 어려운 문법이었다. 그 무렵 하나뿐인 자식 놈이 대학 입시를 포기한 것이다.

나는 아버지의 긴 연설을 들으며 그가 그때 밥상을 엎은 이유를 알 것 같았다. 그는 나이 예순에도 멍청한 아들을 위해 여전히 한계를 극복하며 세상과 싸워야 한다는 게 끔찍했는지도 모른다.

내가 세차원이 되자 아버지는 다시 한계를 극복하기 위해 노력했고 죽자 사자 컴퓨터 학원을 다닌 끝에 그 방송국에서 살아남았다. 그래서 아직 잘리지 않았다고 말했다. 아버지도 한계를 극복하고 그라운드에 남은 선수구나. 정년퇴직을 해야 하지만 월급이 절반으로 줄어버린 계약직으로 여전히 버티고 있다고 했다. 그렇게 버틸 수밖에 없는 아버지의 선수 생활에 감정이 이입되자 미안한 마음에 코끝이 찡했다. 내가 빨리 멋진 선수로 빛을 봐서 아버지를 쉬게 해주고 싶었다.

"제가 잘할게요. 아버지."

그러니까 태어나서 지금껏 한 번도 안 듣던 아버지 말을 듣기로 했다. 기술이라, 좋다. 기술을 바탕으로 인생의 전환점이 될 만한 새로운 직업을 마련하는 거다. 세상에서 내 역할을 톡톡히 해낼 수 있는 자격을 획득하는 거다. 지상에서 내 역할을 하지 않는다면 나는 지구의 공기와 물과 생명력을 차갑게 허비하는 놈이 될 뿐이지 않은가. 나는 식어가기 싫다. 산다는 건 뜨거운 것이다. 나는 눈동자에서 광채를 뿜어내며 당장 자격증에 도전했고, 곧 획득해냈다.

제일 종 보통 운전면허였다.

세상은 내게 십오 인 이하 승합차나 십이 톤 미만 화물차를 운전할 수 있는 자격을 줬다. 내 자격지심이 줄어들었다.

일단 자격증을 딴 것만으로도 내가 이력서를 낼 수 있는 종목이 확장되었다. 구인 구직 사이트에서 배달이 아닌 '운전'이라는 검색어를 처음 입력할 땐 신세계의 문을 여는 듯한 환희도 밀려왔다.

수행 기사, 납품 기사, 배송 기사, 택배 기사. 어휴, 다양하기도 하지. 무슨 기사 작위라도 받은 기분이었다. 사람이든 물건이든 무언가를 차에 실어 어딘가로 옮기는 일은 정말 수두룩했다. 좁은 동네에서 음식을 배달하는 것에 비하면 넓이와 깊이가 크게 확대되었다.

나는 모종의 화해를 하게 된 아버지 차로 운전 연습 특훈을 했다.

"기술 배우랬더니 운전면허나 따고 앉았어."

아버지는 구시렁댔지만 운전을 잘 가르쳐주었다.

배달 생활로 길 위의 문법에 익숙해진 나로선 초보 운전

레벨을 훌쩍 넘어 모범 운전 반열에 진입하는 데 그리 오래 걸리지 않았다. 운전 레벨을 올리는 가장 좋은 방법은 일단 운전을 좋아해서 즐기는 거고, 세부적으론 자신감과 조심성을 1대 1.618로 조합해 균형미를 갖추는 것이었다. 달리 말하면 도로라는 정글에 용맹스럽게 도전해 동물적인 감각으로 생태에 적응하는 동시에, 한편으로는 실수나 위험을 경계하며 조심조심 안전 운전하는 이성적 태도가 황금비로 조화를 이뤄야 하는 것이다. 그때부터 괴팍한 정글 같았던 도로가 거실처럼 편안해지면서 마음먹은 대로 운전이 되었다.

준비를 완료하고 내가 선택한 건 생수 배달이었다. 몸의 칠십 퍼센트 이상이 물로 이루어진 인간들에게 마실 물을 재깍재깍 전달하는 역할이란 사뭇 상당한 의미를 발현하는 것 같았다. 게다가 술로 피폐해진 내게 물은 훌륭한 안티 알코올 물질이 될 것만 같았다. 술이 정신을 흐릿하게 한다면 물은 정신을 또렷하게 만들어주지 않는가. 물처럼 영롱한 정신 상태를 회복하고, 맑고 아름답고 촉촉한 인생을 다시 살고 싶었다.

물 배달을 어떻게 해야 선수다울까 상상하기도 했다. 배달할 곳은 대부분 기업체 사무실이었는데, 일에 지친 사람들이 나를 만나는 것만으로 물 한 모금을 마시는 것처럼 가슴속 갈증이 해소되길 바랐다. 난이도 높은 생수통 교체 스킬을 연마해 예술 점수를 높일 구상도 했다. 백드롭 물통 갈기, 공중 삼백육십 도 회전 소용돌이 물통 갈기 등등. 그렇게 해서 팬이 생긴다면 내 선수 생활이 외롭지 않을 것이다. 그저 월급이나 받으며 살아가는 존재가 아니라 다른 이들에게 감동을 주는 존재이고 싶었다. 그것이 내 선수 생활의 의미가 될지도 모르니까. 한 번에 빈 통을 오십 개씩 드는 세계 기록이 있다면 내가 경신해보겠다는 다짐도 했다. 기록은 나를 기억하게 해줄 테니까.

아, 그러나 뭐든 만만치 않을 거라는 건 알고 있었지만 호기롭게 시작한 첫 단추부터 상당한 지랄이 나를 기다리고 있었다. 회사는 처음부터 내게 운전을 시키지 않았다. 운전하는 사수를 돕는 배송 보조부터 해야 했다. 계약직 인턴이었다.

누군가와 짝을 지어 일하는 복식경기는 처음이었다. 선수 간의 호흡이 아주 중요할 텐데 공교롭게도 파트너인 사십 대 후반 아저씨는 아주 엉성한 일반인이었다. 영웅호걸과 함께 일하길 바란 건 아니지만 최소한 바보만 아니면 좋겠다 싶었는데 그 아저씨의 캐릭터는 적응하기 쉽지 않은 수준이었다. 나는 트럭 안에서 수많은 의문에 휩싸였다.

어지러울 정도의 입 냄새를 가졌으면 말수라도 좀 적으면 안 되나?

이 세상에 칫솔이나 가글액이 있다는 걸 모르는 것 아닌가?

어떻게 모든 말이 헛소리일 수 있지?

어떻게 실수로라도 논리에 맞는 말을 한 번도 하지 않을까?

그 같은 의문들로 인해 나는 일을 시작하고 열흘 만에 신경쇠약 증세를 앓기 시작했다. 아저씨가 내 신경을 긁는 건 이런 식이었다.

"오늘 점심땐 된장찌개 먹어야지. 여어, 광택이, 저 기집애 치마 짧은 거 봐라, 으아 죽이네. 인마, 우리 오늘 그냥 김치찌개 먹자, 아 근데 저년 저거 저렇게 발랑 까져가지고 되겠나. 맞다, 김치찌개는 우리 이모가 끓여주는 게 세상에서 제일 맛있지. 어 파란불이네? 가자. 이 단 기어 넣고, 삼 단 넣고, 어쭈 저 기집애는 왜 치마 밑에 쫄쫄이를 처입고 다녀? 저런 거 다 법으로 금지시켜야 돼. 법무부에서 일은 안 하고 말이야. 에잇, 무슨 신호가 이렇게 짧아. 그렇지. 좋은 생각이 떠올랐어. 우리 이모는 의정부에 살거든. 오호 그래, 오늘 부대찌개 먹을까?"

굉장히 난감한 유형이었다. 이 인간은 마음속에 떠오른 생각을 바로 말로 옮기지 않으면 안 되는 저주에라도 걸린 걸까? 이 사람이 말을 잠깐 쉴 때 저건 치마 레깅스라고 해요, 입법기관은 법무부가 아니라 국회예요, 제발 아무거나 먹어요, 라는 말을 해도 내가 말하는 중간에 다시 자기 말을 시작해버렸다. 전혀 맥락과 상관없는 말을. 어차피 이 미친 사람은 대화하기 위해 말하는 게 아니었다.

아쉬운 파트너도 선수 생활을 하기 위해 극복해야 할 대상이라 여기며 그 헛소리들을 꾹 참으려고 노력했다. 하지만 난공불락이었다. 생수통이 무거워 효과 좋은 파스를 팔에 늘

붙이고 있어야 하는 건 문제도 아니었다. 차라리 고막에 파스를 붙이고 싶었다. 그런 사람과 하루 종일 함께 있으면 뇌경색을 일으키기 딱 좋았다.

게다가 툭하면 바지 속을 긁적여 아저씨가 만지는 모든 것엔 손도 대기 싫었다. 아아, 좀 잘 씻든가 팬티 좀 잘 갈아입으면 안 되나. 팬티 속을 긁은 다음에 냄새는 왜 맡는 거야? 이런 자가 생수를 배달한다는 걸 알면 고객들도 기분이 나쁠 텐데.

에모토 마사루라는 사람의 실험 결과에 따르면 물에게 사랑한다고 말할 때와 짜증난다고 말할 때 물의 결정 모양이 다르다고 하는데 이 사람이 싣고 다니는 물의 결정은 딱 횡설수설 지저분할 것 같았다.

누군가를 싫어하기 위해 선수 생활을 재개한 건 아니었다. 나는 싫어하는 걸 아주 싫어한다. 뭔가 해보려고, 조금이라도 더 발전해보려고 새로운 일을 시작했다. 그러나 꼼짝 못하는 암초에 걸린 기분이었다.

가장 엄청난 점은 같이 화장실에 응가를 때리러 갔는데 손도 안 씻고 나왔다는 거였다. 공중 화장실에서 소변 보고 손 안 씻고 나가는 더러운 아저씨들은 많이 봐왔지만 제기랄, 똥이라고 똥.

정말 찝찝했다. 한두 번이 아니었다. 그걸 보곤 비위가 상해 아저씨와 식사도 함께하고 싶지 않았다. 나는 신경쇠약과 식욕부진의 이중고에 시달리는 최악의 노동환경에 처한 셈이었다. 그렇다고 아저씨가 일을 잘하는 것도 아니었다. 시간이 늦거나 길이 막힐 때 지름길을 알려줘도 운전대 잡고 떠들면서 고집을 부렸다. 우리 조만 만날 퇴근이 늦었다. 답답했다. 말이 이토록 많은 사람이 남의 말은 안 듣다니. 이런 부조리가 있나. 차라리 원숭이랑 일하는 게 낫지.

나는 결국 인간으로서 아름다운 면을 하나도 갖고 있지 않은 남자와 매일 좁은 차 안에 갇혀 있는 신세를 견딜 수 없다는 결론에 도달했다.

사람을 견디는 것도 승부의 세계다. 이겨보자는 다짐을 수도 없이 했지만 끝내 내가 졌다. 무슨 이런 이길 수도 없지만 이기기도 싫은 승부가 다 있나.

결국 회식 자리에서 사단이 났다. 술에 취한 그는 국회의

원 선거 때 자기가 지지하는 당의 후보를 찍지 않았다고 화를 냈다.

"광택이 이거 생긴 것부터가 딱 종북 세력이라니까."

그 아저씨로 인해 놀랄 일은 더 없을 거라고 생각했는데 나는 아주 깜짝 놀랐다. 이렇게 지랄도 가지가지 할 수가 있나.

"아, 못 참겠군요. 제발 말이 되는 소릴 좀 하세요!"

내가 고함을 지르자 아저씨는 손바닥으로 내 뒤통수를 팍 후려쳤다.

"이게 감히 말대꾸야?"

그건 참을 수 없는 문제였다. 내 머리에 손을 대다니. 스스로 생각할 줄 모르는 노예이자 거짓말쟁이들의 말에 속아 넘어간 광신도 주제에, 그렇게 되지 않으려는 사람들을 이교도처럼 몰아세우면서 배는 불룩하게 나와가지고 감히 내 머리를 때려?

그런 사람을 참아준다는 건 한계를 극복하고 자시고 할 문제가 아니었다. '한계'라는 아름다운 극복의 단어를 부여하는 것조차 아까울 정도였다.

이런 젠장, 어떻게 다시 시작한 선수 생활인데! 나는 억울했다.

"제발 생각 좀 하라구요, 이 닭대가리 아저씨야!"

나는 그 아저씨의 머리통에 손바닥으로 수차례 보복 공격을 가했다. 나에게 가해진 선제 헤드샷은 최소한 열 배로 되갚아줘야 억울함이 풀릴 것 같았다.

회식 자리가 투닥투닥 엎어진 끝에 결국 나는 생수 배달 회사에서 시원하게 잘렸다. 나중에 나의 행동을 반추했을 때 몹시 허탈했다. 내가 그렇게 했다고 해서 아저씨가 앞으로 생각을 할 것 같지는 않은데 괜한 분노와 근력과 성질을 낭비했다는 생각이 들었다.

그래도 우울증에 걸리느니 그렇게 한 건 잘한 거라고 나는 스스로를 위로했다.

나는 다른 운전직을 잽싸게 구했다. 이번엔 주류 도매상이었다. 물에서 술로 넘어간 건 어떻게 보면 반항심 때문이었다. 물처럼 맑고 순수하게 도전해보겠다는 의지가 암초에 걸린 게 화났다. 제발 이번엔 인적 장애물이 없기를 기원하며 이력서를 보냈고, 면접도 없이 그냥 출근하라는 통보를 받았다.

이곳도 처음엔 배송 보조부터였다. 운전 경력이 없어서 안된다는 것이었다. 젠장. 필기, 코스, 주행, 모조리 만점으로 통과한 나 같은 운전 샛별을 홀대하다니. 할 수 없었다. 일단 경력을 쌓는 수밖에.

배송 보조 역할은 간단했다. 거래하는 술집들을 돌며 술상자를 내려주고 빈 병 상자를 찾아오면 끝이었다. 그다음엔 청소나 하면서 눈치를 보다가 급하게 술을 달라고 하는 한두 군데를 더 다녀오면 끝이었다. 엘리베이터가 없는 업소에 맥주 상자를 등짐으로 짊어지고 오르는 것과 도매상 창고에 들어온 술 상자들을 적재할 때 말고는 체력적으로 크게 힘든 것도 없었다. 다만 술 상자를 내리거나 적재할 때는 선수다운 기술을 요했다.

"광택이, 거기서 받아."

차에서 잔뜩 수거해 온 빈 병 상자를 내릴 때 사수 아저씨가 말했다.

"잠깐만요, 그걸 던지시게요?"

"안 그럼 언제 다 내릴라고."

그가 부웅, 하고 허공에 던져준 플라스틱 박스를 받자 텅, 하고 상자 모서리가 가슴팍에 부딪쳤다. 허리 쪽에도 상자 무게로 인한 묵직한 부담이 질끈 가해졌다. 하마터면 상자와 함께 뒤로 나자빠질 뻔했다.

"에이씨, 손으로 이렇게 딱 받아. 여자도 아닌데 냅다 끌어안고 지랄이야."

뭐지? 여자면 냅다 끌어안아도 되나? 하고 생각하다 그다음 박스는 얼굴로 받았다. 고개를 돌리지 않았다면 코가 깨질 뻔했다. 귀와 턱과 목 근육이 욱신거렸다.

"이 자식 몸 개그 할래?"

다쳤느냐고 묻지도 않았다. 장난이 아니었다. 나는 선수다운 동작과 감각이 필요하다는 걸 깨닫고 복싱 스텝을 밟으며 몸을 풀었다. 못 하는 게 아니라 처음이라 익숙하지 않을 뿐인 거다. 보기 좋게 극복해주지. 나는 호흡을 고르며 '내겐 한계가 없다, 넘어설 것이므로' 하고 주문을 걸었다. 그러자 몸의 스위치가 선수 모드로 바뀌었다. 오랜만에 가져보는 느낌이었고 재미있을 것 같았다.

덕분에 다음 박스는 손으로 부드럽게 받아낼 수 있었다.
역시 선수 모드를 발동하면 안 되는 게 없어. 차에 있는 모든
상자를 내리는 동안 가슴팍과 복부에 몇 번이나 더 정타를
맞았지만 땀범벅이 된 채 일을 끝내고 나니 희미한 카타르시
스가 느껴졌다. 오랜만에 느껴보는 재미였다.

"어이, 광택이. 넋 놓지 말고 저 친구들 보고 배워."

다른 직원들은 더 무거운 맥주 상자나, 비싼 양주 상자
도 마구 던져서 쌓았다. 던지는 거리와 쌓는 속도가 예술적
이었다. 그 동작에서 일말의 아름다움이 느껴졌기에 술 상
자 던지고 받기로도 선수가 될 수 있겠다는 희열을 잠시 느
꼈다. 나 역시 선수급으로 성장하기 위해 빈 병 박스가 아닌
판매용 술병이 꽉 찬 박스에 도전했다. 사수 아저씨가 그건
아직 못 받을걸, 하며 고개를 저었지만 나는 그를 설득했다.

"제 운동신경을 믿어주세요. 저 근성 있습니다."

그러나 내 운동신경이나 근성은 믿을 만한 게 못 됐다. 그
동안 너무 안 쓴 것이다. 날아오는 속도와 각도를 예측해서
손을 뻗었는데 무게를 못 이겨 가운데 손가락 마디가 꺾였고

나는 그만 상자를 놓쳐버렸다. 어떻게든 다시 잡으려고 했는데 팔꿈치가 찌릿하며 팔에 힘이 빠졌다. 소주병들이 와장창 깨지는 소리가 났다. 한 박스에 든 병 서른 개가 몽땅 작살났다. 직원들을 관리하는 강 과장이 달려 나오더니 쌍욕을 했다.

"어떤 개새끼가 깼어? 이 씹탱이들 정신 안 차리지!"

나는 아픈 손가락과 팔꿈치를 부여잡은 채 소주 한 상자 값을 회사에 물어내야 했다. 육두문자를 남발하고 사람들이 거친 게 거슬렸지만 나는 상자 받는 일에 승부욕을 느껴 몸을 사리지 않고 계속 도전했다. 어차피 몸으로 해야 하는 일이므로 몸을 사릴 수도 없었다.

대개의 일은 지나고 보면 별것 아니다. 일한 지 한 달이 지나자 상자 받기는 꽤 간단한 동작이었다. 깊이 있는 스포츠가 아니었다. 일단 던져주는 사람도 선수라서 매번 허공에 선을 그어놓은 것처럼 딱 정확한 위치에 상자를 날려주었기 때문에 실수할 확률이 낮았다. 그건 아무나 못하는 달인의 경지도 아니고 그냥 밥 먹고 매일 하면 누구나 금방 할 수 있는 동작이었다. 그 경기는 삼 인조나 사 인조로도 했다. 사람을 길게 이으면 아무리 먼 곳이라도 상자들을 옮길 수 있었다. 조금 높은 경지라고 해봐야 상자를 던질 때 기합을 실어 정확하게 멀리 날려 보내는 게 다였다. 도달하고 나니 너무 쉬웠다. 마치 농구 선수들이 서로 패스를 주고받는 것과 같았다. 상자를 높이 쌓을 땐 던져준 박스를 앨리우프 덩크슛을 하듯이 맨 위에 올려놓기도 했다. 그 정도 움직임은 기술성과 예술성의 난이도가 낮았고 스뽀오츠 정신을 발동시키지 않았다. 간단한 운동신경과 팔의 근력이면 충분했다.

그래서 별로 재미가 없었다.

일은 그렇게 쉽게 익숙해져 가는데 역시 파트너 아저씨와는 마음을 열고 일하지 못했다. 말수가 좀 없다 뿐이지 그전 파트너와 별로 차이가 없었다. 내 인복이 별로인 모양이었다. 아니면 대한민국 운전직 아저씨라면 응당 가져야 할 기본 성향이라도 있는 모양이었다. 나는 물었다.

"왜 항상 짜증 내면서 일하세요?"

"짜증 나니까."

"에이, 즐겁게 일하면 좋잖아요?"

"일이란 건 원래 즐거울 수 없는 거야."

내 생각은 달랐다. 즐겁게 일할수록 일이 재미있고, 재미있어야 일이 잘되고, 그것이 다시 즐거움이 되는 게 아닌가. 그 얘기를 했더니 이런 대답이 돌아왔다.

"이 자식아, 어른이 말하면 그냥 그런가 보다 해라, 응?"

할 말이 없었다. 노력하지 않고 그냥 얻은 나이는 절대적인 가치가 아닌데, 무조건 나이로 서열에서 우위 행세를 하려 들고, 인생의 무용담이라고 해봐야 군대 얘기뿐이고, 문제가 생겼을 땐 지능보다 관습이나 물리력에 기대려는 사람이었다. 세상 사람들이 다 그렇진 않을 텐데. 나는 이상하기도 하고 몹시 안타깝기도 했다.

나와 함께 일한 아저씨들뿐만 아니라 남이 불쾌해할 만한 말이나 행동을 아무렇지도 않게 하고 살아가는 아저씨들이라면 버스나 지하철에서 하루에 백 명씩 볼 수 있으니 우리나라 사람들은 참으로 곤란한 환경에서 살고 있다는 생각이 들었다.

아저씨가 코를 들이마시더니 길 쪽으로 가래를 카악 뱉

었다. 그러고는 이빨에 낀 무언가를 손가락으로 잡아당기며 트림을 했다. 나는 속으로 생각했다.

아름답게 사는 건 고사하고 추한 모습을 보이지 않는 것도 그렇게 힘든가.

"아저씨도 한때는 멋진 남자였나요?"

"무슨 개 풀 뜯어 먹는 소리야. 사는 거 재미없어. 씨팔. 다 귀찮아."

아아, 인생이 재미가 없으면 아저씨가 되고 마는 거구나. 멋진 걸 귀찮아하게 되는 거구나. 아름다움을 멸시하게 되는 거구나. 재미를 찾지 못해 힘 빠지고 귀찮아지면 한 방에 훅 가서 추한 곳에 갇히는 거구나. 나는 그러지 말아야겠다는 강한 경계심을 곧추세웠다.

어쨌든 아저씨가 차 안에서 뿌앙뿌앙 방귀를 뀔 때마다 이 일을 때려치우고 재미있는 일을 찾아 떠나고 싶은 생각이 간절했다. 누군가 스트레스를 주지 않고 나 혼자 있으면 뭘 하든 재미있을 것 같았다. 아버지는 고개를 가로저었다.

"세상 사람 모두 잘 견디고 있는 걸 왜 너만 못 참는다고 난리야?"

"그래도 어딘가 더 좋은 일자리가 있지 않을까요?"

"어딜 가든 마찬가지야. 월급을 탄다는 건 모멸감을 견디는 거다."

아버지의 견해도 이해할 수 없었다. 왜 월급과 모멸감을 맞바꿔야 하는가. 원래 안 그래야 하는 것 아닌가. 노동력과 돈을 평등하게 교환하는 것 아니었나? 그런 직장이 많아야 정상 아닌가. 의문이 많았지만 어쨌든 경력을 쌓지 않으면 비슷한 조건의 바보 같은 곳을 쳇바퀴 돌듯 뺑뺑거려야 할 뿐이니까 버틸 수 있는 한 버티기로 했다.

그렇다면 일단 버티는 것에서라도 재미를 찾아야 했다. 공격이 여의치 않을 땐 수비로 버티면 재미있을 것 같았다. 관점을 바꿔보니 경력을 쌓기 위해 험난한 단계를 견디는 것도 나름 훌륭한 경기라고 여겨졌다.

그렇게 하루 종일 시달리다 퇴근할 때 '오늘 하루도 참아내는 데 성공했어' 하는 보람이 일렁이는 것도 재미가 있었다. 짜증 나는 일이 많을 땐 세상에서 가장 재미있는 맛을 내는 음식인 프라이드치킨을 사 먹고 기분 좋게 풀어버리면 된다.

일단은 그렇게 수비 모드로 매일매일 잘 버티면 최소한의 스뽀오츠 정신을 잊지 않으면서 경력을 쌓을 수 있을 것 같았다.

당장은 뭔가 다른 차원의 경기, 한계를 넘나드는 선수로서 아름다운 꽃을 피우는 메이저 경기를 뛰는 건 불가능해 보였지만 언젠가는 하고 말 거라는 기대와 희망이 있었다. 내가 언제까지 마이너리그에 있지는 않을 것이다. 이 형편없는 마이너리그에서 인내력으로 버텨내는 경기를 해보겠다!

그러나 세상은 만만치 않았다. 나의 궁색한 수비를 뚫고 들어와 나를 궁지로 몰아넣는 공세가 일품이었다. 먼저, 가장 심각하게 내 방패를 쾅쾅 때려대는 공격은 군대식 문화였다. 절대 권한을 가진 관리자인 강 과장이 손가락 끄트머리로 나를 불렀다.

"어이, 막내. 머리 길다."

"별로 안 긴데요?"

"나한테 개기냐? 정신없지? 내일까지 나처럼 깎고 온다.

알았나?"

그의 헤어스타일은 옆머리를 바짝 깎은 '귀두컷'이었다. 다른 사람들도 모두 그 머리를 하고 있었다. 그런 머리를 하고 다니다 길에서 현희를 만난다면 굉장히 부끄러울 것 같았다. 두발을 통제하는 이유란 것도 말인지 막걸린지 알아먹을 수 없었다.

"남자답게 귀가 드러나야지. 그래야 말을 잘 듣지."

그 같은 감각에 뭐라 대꾸할 말도 없었고, 온전치 못한 사고 체계가 좀 불쌍하기까지 했다. 군대식 전체주의가 가장 합리적이고 가치 있는 방법이라고 믿는 걸까? 아니면 조직을 꾸려나갈 시스템을 만들 두뇌가 없다 보니 그딴 걸 좋다고 덜렁 벤치마킹해 버린 걸까. 암만 곰곰이 연구해도 결론은 모자라서, 밖엔 없는 것 같았다.

출근해서 열심히 움직이는 사람들에게 시시한 농담이나 던지다 위압적인 고함을 지르는 역할밖에 안 하는 강 과장은 그야말로 '갈구리 고참'이었다. 그보다 나이가 많든 적든 사람 갈구는 게 그의 일과였다. 그리고 살면서 어떻게 한 번도 안 두들겨 맞을 수 있는지 궁금했지만 알고 보니 사장 조카였다. 겨우 그 이유만으로 아무도 그에게 함부로 굴지 못한다니. 그럴수록 강 과장은 병정놀이의 달콤함에 점점 더 미쳐가고 있었다.

페어플레이 정신이 없는 그를 대할 때마다 나는 분노가 일었지만 수비력을 더 탄탄하게 보강하며 상대하지 않았다. 피할 수 있으면 피해 가고 싶었다. 나는 이를 악물고 머리를 짧게 깎았다.

그렇지만 공격은 계속되었다.

"오늘 회식. 열외 없음."

퇴근 무렵 강 과장이 선언하듯 말했다. 의무 참석이었다. 집에 일이 있건 위에 빵꾸가 났건 안 가면 찍히는 분위기였다. 폭탄주가 세 잔쯤 돌자 얼굴이 붉어진 강 과장이 나를 지목했다.

"막내, 노래 불러."

"반주 없으면 못 부릅니다."

강 과장은 입술을 이죽거리며 나를 비웃었다. 돼지 궁둥이 같은 볼살이 혐오스러웠다.

"이 새끼 개김성 있어."

"광택이, 아무거나 빨리 부르라고."

나와 같은 차를 타는 아저씨가 옆구리를 찌르며 부추겼다. 나는 수비 모드를 끌어올려 심호흡을 했다. 그리고 그 인간들이 좋아하는 뽕짝을 불러주었다. 강 과장이 고개를 절레절레 흔들며 내 노래를 끊었다.

"그만! 못 들어주겠구만. 노래로 개기냐?"

모두 와아, 하고 웃었다. 회식 자리는 완전히 술 고문 자리였다. 술과 늘 가까이 있다 보니 사람들의 세포가 술에 최적화되어 가나, 아니면 육체노동이라 몸이 튼튼해져서 술을 잘 견디나. 하여간 다들 술에 미치고, 술로 풀고, 술로 꼬였다. 한번 회식을 가면 우리가 그날 업소에 배달해준 소주 모두를 소진하는 경우도 있었다. 어찌나 개판 치면서 소란스럽게 마시는지 우리 회사 사람들만 가면 가게 주인들 표정이 새파랗게 변했다. 서빙 하는 아가씨나 아줌마를 희롱하고, 빈 술병은 다 깨고, 테이블 엎고, 노래방도 아닌데 고래고래 노래 부르고, 나가면서 가게 문 옆에 노상 방뇨하고. 개매너도 그런 개매너가 없었다. 깔끔한 인생을 살고 싶은 내가 그 일원으로 끼어 있다는 게 참담했다.

그제야 나는 오래 견디며 버티기로 한 수비 게임에 흥미를 잃었다. 다른 사람들은 참아내면서 직장 생활을 버티고 있을 지도 모른다. 위대하다. 그렇지만 내겐 꿈을 펼칠 그라운드가 필요했다. 모멸감을 참아봤자, 내 경기력이 상승하지 않는다. 쑥과 마늘을 참는 것도 아니고 인격의 경계를 무너뜨리는 변태성을 참는 게 나에게 무슨 의미가 있나 싶었다. 뒤집어엎고 부조리를 타파해나갈 승부욕도 남아 있지 않았다. 끝인 것 같았다. 나는 다른 일자리를 알아보며 모자를 쓰고 출근했다. 모자 가지고 뭐라고 하면 바로 그만둘 생각이었다.

강 과장이 나를 불러 세웠다.

"어이, 막내. 컴온."

그는 강아지 부르듯 혀를 쫏쫏쫏 하며 나를 불렀다. 그의 눈빛은 똥색을 띄고 있었다.

"모자를 쓰고 출근하셨다? 개날라리 생양아치 같으니라고."

"머리가 추워서요."

"이거 봐라. 추워서요? 나한테 요 자 붙이지 말랬지. 이 미친 새끼가, 대가리 박아!"

대가리를 박으라니. 나는 잽싸게 공격 모드로 전환했다. 가장 강력한 방어는 공격이니까.

"여기가 군댑니까? 대가리를 박게."

강 과장의 표정이 능글맞아졌다.

"어쭈 요것 봐라. 그래, 군대 아니지. 군대면 때려치울 수가 없잖아. 여긴 때려쳐도 돼. 너 같은 새끼 하루에 백 명도 더 뽑을 수 있어. 박기 싫으면 때려쳐. 근데 못 때려치지? 존만 한 새끼, 갈 데도 없지? 어? 빨리 대가리 안 박아?"

나는 어떻게 할까 생각했다. 그냥 나갈까, 이 변태를 응징할까.

그러나 그것은 단순한 문제였다. 나는 '너 같은 새끼 하루에 백 명'이라는 말에 몹시 화가 났다. 나는 남들과 똑같고 싶지 않을 뿐더러 날 그렇게 오해하는 것에 치가 떨렸다.

나는 눈앞에 보이는 소주 박스를 들어 점프를 하며 강 과장의 대가리를 쾅, 쾅 찍었다.

"이렇게 박으면 되냐, 이 빌어먹을 대가리!"

놀랍게도 강 과장은 엄청난 돌대가리인지 나한테 두 번이나 찍혔는데도 쓰러지지 않고 달려들었다. 그는 내 손에 들린 소주 박스를 빼앗아 반격했다. 나도 머리를 땅, 땅 찍혔다. 나는 돌대가리가 아니라서 그런지 미친 듯이 아프고 정신이 아찔했다. 나는 손에 집히는 맥주병을 빼들어 강 과장의 대가리에 작렬했다. 아뿔싸. 그건 페트병이었다. 플라스틱 병이 퐁, 푸쉭! 하고 뽕망치 같은 소리를 냈다. 강 과장은 눈알을 부라리며 진짜 맥주병으로 내 머리를 내리쳤다. 앉듯이 자세를 낮추며 충격을 완화해보려 했으나 오히려 병 밑바닥에 둔탁하게 찍혀 엄청 아팠다. 그대로 기절할 것 같았다. 그때 다른 직원들이 우르르 달려와 싸움을 말리지 않았다면 바보가 될 뻔했다.

강 과장과 나는 피를 철철 흘리며 병원에 실려가 각자 머리를 꿰맸다. 둘 다 열 몇 바늘씩 꿰매야 했는데 강 과장이 나보다 세 바늘 더 꿰맸다.

오예! 그거라도 내가 이겼다. 시바.

어쩌면 가는 일터마다 다 이렇게 덜떨어진 코흘리개 빡구 같은 건지 알 수 없었다. 스뽀오츠 정신이 다 뭐야 싶을 정도로 이 사회는 그라운드의 질이 떨어져 있는 걸까. 공부 잘해서 좋은 대학 나온 사람들이 취직하는 화이트칼라 사회는 이렇지 않으려나. 내가 정말 잘못된 길을 선택한 걸까. 아니면 세상엔 좋은 일터가 널렸는데 나만 운이 거지 똥구멍 같아서 이런 곳만 걸리는 건가. 나는 머리에 붕대를 감고 한참 사색했다. 생각할수록 머리가 너무 아파 답을 찾을 수 없었다.

그래도 후회하거나 핑계를 대거나 포기하는 캐릭터가 되고 싶진 않았다. 세상의 어떤 부조리에도 지고 싶지 않다는 승부욕이 다시 한 번 강하게 일렁였다. 운이 나쁘다면 그 나쁜 운과 싸워 이기고 싶었다. 방법은 이길 때까지. 말장난 같지만 이길 때까지 하면 끝내 이기는 거니까.

나는 선수여야만 했다. 그것이 내가 처음부터 경도된 세계였다. 세상이 깜짝 놀랄 만한 기록을 세우고, 인생에 뚜렷한 족적을 남긴 가치 있는 존재가 되고 싶었다.

나는 가급적 스트레스를 덜 받도록 이번에는 반드시 혼자 운전하는 일을 찾기로 했다. 경력이 많지 않은 놈을 써주는 곳이 많지 않아 눈높이를 확 낮췄더니 사람을 못 구해 아쉬운 곳이 여럿 나타났다. 나는 그중에서 책을 배본하는 총판에 당첨되었다. 술에서 책으로, 어쩐지 뭔가 올바른 방향으로 회복되는 것 같은 기분이었다.

"광택 씨 인상 참 좋네."

도서 총판 현우사 사장이 나를 보자마자 말했다. 남 말하시네요, 라고 말하고 싶을 정도로 인상이 좋은 삼십 대 후반의 아주머니였다. 그 말을 듣고 보니 앞서 직장에서 폭력적이었던 내가 부끄러웠다. 선수답지 못했다. 세상이 미쳐 돌아가도 끝까지 룰을 지키는 게 스뽀오츠 정신 아닌가.

총판은 그 아주머니와 경리를 맡은 이십 대 초반의 여자애가 전부인 작은 도매상이었다. 여자들의 세계에도 위계와 부조리, 말도 안 되는 갈등이 존재하겠지만 이곳에선 일단 그런 냄새가 나지 않는 듯했다. 세상이 이렇게 이분법적으로 나뉘어도 되나 싶을 정도로 분위기가 좋았다.

"책 읽는 걸 너무 좋아하다 보니 이 일을 하게 되었어요. 광택 씨도 책 좋아하나요?"

사장 아주머니가 말했다. 좋아하는 일을 하고 있는 사람이라면 선수일 가능성이 높았다.

"네. 프레데릭 라르손의 작품을 좋아합니다."

"어머, 그 작가 정말 매력적이죠. 특히 인간의 잠재력에 대한 뛰어난 통찰을 보여줬다고 생각해요. 우리나라에선 무협 소설 코너에 꽂혀 있지만 거기 있으면 곤란하죠."

"동감입니다."

"아무튼 잘됐어요. 저희 잘 좀 도와주세요."

그것은 명령형 말투가 아니라, 부드러운 청유형 말투였다. 사회생활을 시작한 이래 처음 듣는 어법이었다.

게다가 창고에 들어섰을 때 콧구멍에 밀려드는 종이 냄새가 너무 좋았다. 역한 술 냄새와 달리 달콤하기까지 했다. 그것은 아무렇게나 사는 인간의 입 냄새나 썩은 군대 문화의 악취로부터 멀리 벗어나 있었고 세상의 지식이 응축된 매력적인 향기를 뿜내는 듯했다.

내가 열심히 일함으로써 사람들의 독서를 돕는다면 보람이 넘칠 것 같았다. 책을 읽지 않아서 세상이 멍청해지는 걸 온몸으로 막아내는 건 중요한 역할이겠지.

의사나 판검사, 공무원들만 사회에서 자기 역할을 하고 있는 게 아닐 것이다. 오히려 요즘엔 그런 사람들 중에 자기 역할을 망각하는 사람이 더 많은 것 같다. 기피 직종인 정화조 푸는 일을 하는 사람은 넘쳐나는 똥으로부터 세상을 구원하기라도 하는데 말이야. 어떤 일에 보람을 느끼며 자기 역할을 다하는 선수로 사는 건 아름다운 일일 것이다. 나는 도서 총판에 채용되었다는 사실을 거뜬히 기뻐했다.

내 업무는 출판사나 큰 도매상에서 책을 받아 각 서점으로 뿌려주는 일이었다. 큰 서점도 있었고 작은 동네 서점도 있었다. 책들은 꽤 무거웠지만 내 근력의 한계를 소환하지 않았다. 등짐을 지고 계단을 오르는 것 정도야 거듭된 육체노동으로 단련된 내겐 장난 수준이었다.

혼자 승합 밴을 운전하게 되었을 때 잡은 운전대의 느낌도 좋았다. 누구의 방해도 받지 않고 스뽀오츠 정신의 실마리를 서서히 찾을 수 있을 것 같았다. 그걸 완전히 잃어버린 것만 아니라면.

그렇지만 교통 문화가 지독하게 꾀죄죄한 우리나라의 도로 위에서 운전을 한다는 건 사뭇 피곤해지기 쉬운 노동을 하는 것과 다름없었다. 도로 위에는 얄미운 얌체들과, 자기만 옳은 이기주의자들과, 뇌가 없거나 목숨이 한두 개쯤 더 있는 것처럼 난폭하게 운전하는 자들이 너무 많았다. 성직자의 입에서도 쌍욕이 튀어나오게 만드는 사람들이었다. 나는 선수이므로 승부에 지지 않기 위해 그런 사람들의 태클을 잘 피하기로 했다.

도로 위에서 바쁘지 않은 사람은 거의 없다. 빨리 가려면 실력에서 차이가 있어야 했다. 개코같이 안 막히는 차로 냄새 맡기, 차로 변경의 타이밍과 자신감, 부드럽게 끼어들기, 사악하게 끼어드는 놈에 대한 방어 운전, 도로를 무서워하는 초보 운전자들을 한눈에 알아보고 피해 가거나 배려하기, 고급 차와는 닥치고 거리 띄우기, 갖은 정보를 활용해 막히는 길 귀신같이 피해 가기, 언제나 한 방에 주차하는 원 파킹 등등 스킬이 하나하나 늘어날 때마다 운전 레벨도 쑥쑥 올라갔다. 교통사고를 내거나 유발하지 않는 건 기본이고, 오토바이 탈 때보다 지리적 범위가 훨씬 넓어졌는데도 타고난 지리 감각은 여전해 콧노래를 부르며 일할 수 있었다.

도로에 적응한 나는 남들보다 신속, 정확하게 배송하는 능력이 탁월했다. 나는 이 일에서 일어나는 모든 갈등을 회피하기로 마음먹었다. 잘할 수 있는 건 어떻게든 가장 잘해야 한다. 그러기 위해서 태극권 개념을 도용했다. 물 흐르듯 부드럽게 흘려보내는 것이다. 나는 얌체 운전자가 끼어들어도, 심장이 철렁할 만큼 난폭 운전을 하는 미친 오뎅을 만나도 절대 분노하지 않고 단전으로 호흡하며 감정을 다스렸다.

이 일 저 일 전전하며 계속 지며 살고 싶지 않았다. 내 팔자가 길 위의 인생이라면 길에서 살아남고, 성장해야 했다. 그것이 내 인생을 아름답게 만들어줄 의미가 될 것 같았다.

홍 여사는 알수록 괜찮은 사람이었다. 권위를 내세우거나 폼만 잡는 게 아니라 직접 일했다. 잘나가는 어학 서적이나 잡지들을 어떻게든 구해 왔고, 좋은 책들을 선별해 밀어붙일 줄도 알았다. 경리이자 주문을 처리하는 여자애도 일을 똑 부러지게 잘해냈다. 그녀가 짜주는 배송 동선은 서울의 지리학에 정통해 있었고 그녀가 점심시간에 건네는 농담은 언어유희에 정통해 있었다. 피곤하지가 않았다.

월급은 좀 적었지만 좋은 일터를 구했다는 생각이 들었다. 고생 끝에 낙이 온다는 옛말이 이제야 이해되었다. 문제는 스뽀오츠 정신이었다. 비 오던 어느 날 신호에 걸려 있다가 어디선가 미묘한 스뽀오츠 정신이 감지되는 것을 느끼고 창을 내리자 뺑뺑뺑뺑 하는 울림이 공기를 진동시키고 있었다. 그것은 소리의 형태로 된 스뽀오츠 정신이 틀림없었다. 공기의 밀도를 무시하며 퍼져나가는 다른 차원의 울림.

그 소리는 길 건너 레코드 가게에서 울리고 있었다. 그냥 피아노 소리였는데 내 귀엔 스뽀오츠 정신의 가장 진보적인 형태로 들렸다. 그 소리를 듣자 무거운 책들을 나르느라 쿡쿡 쑤시던 허리가 갑자기 하나도 아프지 않았다.

나는 급히 유턴해 차를 길가에 세우고 레코드 가게로 달려 들어갔다.

"지금 나오는 음악이 뭐죠?"

"베토벤의 피아노 소나타 8번인데요."

나는 바로 앨범을 샀다. 주차 위반 딱지를 떼였으나 벌금이 아깝지 않았다.

일 악장 중간쯤에서 마구 내달리는 부분은 하루에 백만 번씩 들어도 질리지 않았다. 소나타는 스뽀오츠 정신에 가해지는 심폐 소생술 같았다. 나는 하루종일 베토벤을 들으며 일했다. 베토벤이라는 위대한 선수는 세월의 한계를 극복하고 너무나 아름답게 빛나는 걸 남겨놓았다. 음악 속에 스뽀오츠 정신이 살아 숨 쉬고 있었다. 죽어라 듣지 않을 수가 없었다.

아아, 나도 그런 걸 남길 수 있다면, 그런 감동을 주는 존재로 살 수 있다면!

고전음악을 통해 인간의 한계를 넘어선 고도의 정신세계를 만끽하며 일이 더 즐겁고 유려해진 건 좋았는데 중국집 배달 일을 관둔 뒤로 내게서 실종되어 버린 스뽀오츠 정신이 못내 아쉬웠다. 만약 지금 하는 일에서 그 힘을 발동할 수 있다면 무겁고 두꺼운 여성지를 몇 덩어리씩 겹쳐 들고 대형 서점 납품처를 가볍게 날아다닐 수 있을지도 모르지만, 이게 무슨 스뽀오츠 정신! 하고 주문을 외우면 발동되는 것도 아니고 어딘가 존재하되 내 것이 아닌 보물을 그리워하는 심정이었다.

그런데, 꾸준히 베토벤을 들으며 일했기 때문일까, 나는 어느 날 그리운 스뽀오츠 정신과 재회할 수 있었다. 주 거래

처인 동대문에 있는 허름한 도서 도매상에서였다.

오랫동안 책과 씨름하며 살아온 사람들이 일하는 곳이었다. 책을 다루는 그들의 동작은 한눈에 봐도 선수급이었다. 그 많은 책들의 위치를 다 외웠는지 삐걱거리는 좁은 계단을 마구 오르내리며 책을 찾아오는 스피드와, 한꺼번에 여성지 여섯 덩어리를 등짐으로 질 수 있는 괴력을 가진 고수들이었다. 또한 엄청난 속도로 책 묶음을 던져 나르는데 내가 주류 도매상에서 익힌 방법과 비슷하면서도 훨씬 진보된 기술을 쓰고 있었다. 그 도매상에서 몹시 바쁘던 날, 나는 두 명이 번갈아가며 던지는 책 묶음을 다 받아내 봉고차에 척척 싣는 쇼를 보여주었다. 그러자 그곳의 직원들은 나를 도서 물류계의 유망주로 인정해주기 시작했다.

"홍 여사님 만날 비리비리한 애들만 뽑더니, 이번에는 다르네."

다르다는 건 내겐 참 기분 좋은 말이었다.

점심 무렵 그곳에 배달을 갔을 때 일한 지 가장 오래된 부장 아저씨가 물었다.

"광택 씨 책 밥 먹은 지 얼마나 됐지?"

"육 개월입니다."

"밴딩머신이 빠르게? 내가 손으로 묶는 게 빠르게?"

답이 명료한 질문이었다. 기계보다 손이 더 빠를 리가 없었다. 더구나 나는 밴딩머신으로 책을 묶는 기술도 꽤나 선수급으로 성장해 있었기 때문에 당연히 밴딩머신이라고 생각했다. 책을 올리고 철커덕, 하면 일 초 만에 단단히 묶여 있는 것이다.

"점심 내기 어때? 나는 노끈으로, 광택 씨는 기계로. 해볼 만하잖아? 비싼 거 안 먹을게."

점심을 공짜로 먹을 수 있는 기회였다. 빠르기에 대한 승부라. 거기엔 나름 선수로서의 경험이 많지 않은가. 아저씨를 살펴보니 팔이 아주 두껍고 몸도 짱짱했지만 날렵해 보이지는 않았다. 눈빛도 매섭지 않아 막강한 스피드를 가진 고수로 보이지는 않았다.

"해요."

시합은 당시 잘 나가던 베스트셀러 단행본 스무 권을 묶은 덩어리 다섯 개를 누가 먼저 만드느냐였다. 내가 그 도매상에서 받아 가야 할 책이 딱 열 덩어리였다. 시간 낭비 놀음도 아니었다. 세찬 승부욕이 일었다. 다행히 그 도매상의 밴딩 머신은 내가 일하는 총판에서 쓰는 것과 동일한 기종이었다. 문제 될 게 없었다. 오랜만에 승부의 피가 후끈 달아올랐다.

"준비 됐나?"

"그럼요."

"자아, 시작!"

대결이 시작되자 나는 책을 밴딩머신의 선반 위에 올려 정렬한 뒤 책이 상하지 않도록 위아래로 박스지를 댔다. 그러곤 기계를 작동시켜 일자로 한 번 묶고 동시에 옆으로 돌려 십자로 한 번 더 묶어냈다. 남들이 그 동작을 척, 척, 척하고 끊어지는 느낌으로 한다면 나는 그걸 샥, 샥, 샥 부드러운 느낌으로 이어지게 했다. 군더더기 동작은 하나도 없었다. 그것만으로도 내가 다른 선수들보다 두 배 빨랐다.

그런데 놀랍게도 팔이 두꺼운 그 부장 아저씨는 허름한 책상을 하나 놓더니, 그 모서리에 서서 느닷없이 날렵한 몸짓으로 춤을 추었다. 나 역시 동작을 멈추지 않고 곁눈질로 봐서 그런지 모르겠지만 그것은 춤이라고 볼 수밖에 없었다. 완전 막춤이었는데 미친 사람이 날뛰는 걸 표현하는 듯했다.

그럼에도 그 춤은 책을 노끈으로 싸는 동작과 완전하게 연결되는 건 물론이고 마치 노끈이 살아 움직이며 저 혼자 책에 촤아아 감기는 듯했다. 그는 도저히 믿기지 않는 속도로 팅, 하고 책 한 덩어리를 묶어냈다. 마치 팔이 다섯 개쯤 달린 사람 같았다. 노끈도 가위를 들어 자르는 게 아니라 손날로 잘라냈다. 이럴 수가, 마무리까지 멋있잖아!

완성된 덩어리엔 정교하면서도 튼튼한 매듭이 지어져 있었고 책이 상하지 않도록 힘을 받는 곳마다 박스지가 착착 들어가 있었다. 그와 나는 첫 번째 덩어리를 거의 비슷한 시간에 만들었다. 부장 아저씨는 두 번째 덩어리에선 좀 더 속도를 높였다. 나를 한번 쓰윽 쳐다보는 그의 얼굴은 마치 재미있는 장난을 치는 듯 즐거워 보였다. 급기야는 그의 모든 동작이 눈에 읽히지 않았다. 광인의 발작이라고 할 수밖에 없는 몸짓만 느껴지고, 뿡뿡뿡뿡 하며 웅혼한 진동이 일어났다. 동대문 앞을 날아가는 비둘기가 놀라 떨어질 것 같은 느낌이었다. 나는 오랜만에 엄청난 선수가 스뽀오츠 정신으로 펼치는 예술적 경지를 보고 있었다. 하지만 감탄만 하고 있을 때가 아니었다. 나도 이를 악물고 최선을 다해 속도를 높였다. 그렇지만 기계의 속도에는 한계가 있었다. 위잉—철컥, 하는 정확한 동작음은 내가 아무리 집중해도 전혀 고조되지 않았다. 반면 아저씨가 뿜어내는 광기는 압도적으로 증폭되어 갔다. 나는 그 진동이 주는 위압감에 질식할 것 같아 밴딩머신 줄에 손가락이 감겨 들어가는 것도 모르고 있었다.

나의 패배였다.

나는 손가락에 반창고를 덕지덕지 붙인 채 아저씨와 삼치구이 백반집에 앉았다. 비록 졌지만 감동을 받아서인지 찔끔 눈물이 났다.

"좀 미안하네. 내 이런 식으로 점심 많이 얻어먹었지."

"미안하긴요. 도저히 이길 수 없었습니다. 어떻게 한 겁니까?"

"응, 그게…… 마음을 비우잖아? 그리고 그냥 노끈을 이렇게 딱 쥐고, 내가 미쳤다 생각하잖아? 그럼 그렇게 돼."

"할 때마다 됩니까?"

"그러엄. 내가 이 빌어먹을 책 밥만 십오 년 묵었잖아. 미쳐도 벌써 미쳤지."

나는 자리에서 벌떡 일어나 그에게 무릎을 꿇었다.

"사부님!"

"응? 무슨 소리야?"

"제게 비법을 가르쳐주십시오. 전 지금까지 위대한 선수가 되려고 살아왔습니다. 제가 닿으려 하는 선수의 경지에 도달한 분은 오늘 처음 만났습니다."

"왜 이래? 다 알려줬잖아. 마음을 비우고, 미쳤다고 생각한다."

"정말 그게 다입니까?"

"아 참, 즐겁게 미쳐야 돼."

"그렇게 하면 그 무시무시한 속도가 나옵니까?"

"속도가 뭐 중요하나? 광택 씨는 나이도 어린데 이딴 걸로 선수가 되면 뭘 해. 이젠 사람들이 다 컴퓨터로 책 볼 거라잖아. 날고 뛰어봤자 이제 다 사양길이야. 그러고 보니 소주도 한잔하고 싶네. 한 병 시켜봐. 딱 한 잔씩만 하게."

"혹시 스뽀오츠 정신을 아십니까?"

"뭔 정신?"

좀 더 자세히 알고 싶었지만 아저씨의 대답은 즐겁게 미친다는 말의 반복이었다. 아저씨는 비법을 알려주기 싫은 게 아니라 알려줄 수 없는 건지도 몰랐다. 정말 책 밥을 오래 먹어 미치는 게 다일지도 몰랐다. 하기야 나도 스뽀오츠 정신이 발동할 때 해낸 동작을 누군가에게 기술적으로 알려줄 방법은 없었다. 그런데 아저씨는 어떻게 마음먹을 때마다 발동하는 걸까. 그러려면 한 종목에서 십오 년 정도의 시간이 필요한 걸까.

그날 퇴근하는 길에 라디오에선 그 아저씨에게서 느껴졌던 스뽀오츠 정신과 비슷한 음악이 나왔다. 엄청 시끄러운 괴성인데 왠지 모르게 아름다우면서도 뼹뼹뼹뼹 하는 진동이 고스란히 표현된 사운드였다. 디제이인 배철수 아저씨는 곡이 끝난 뒤 "예테보리 사운드의 제왕이죠, 인플레임스의 〈Goliaths disarm their davids〉 들으셨습니다. 광고 듣겠습니다." 하고 말했다. 인플레임스라. 정말 미칠 것 같은 음악이었다. 악기들이 하나씩 고조되어 가고, 뒤를 이어 미친 것 같은 소리가 터져 나왔다. 낮에 동대문 도매상 아저씨가 보여준 미친 사람 같은 동작과 일치하는 구석이 있었다. 나도 예전에 스뽀오츠 정신이 발동할 땐 반쯤 미쳐 있었다. 아저씨 말대로 역시 미치는 것에 일말의 답이 있는 걸까.

스뽀오츠 정신이란, 무언가에 미칠 것 같을 때, 그렇게 미치는 게 즐거울 때, 그것이 오랫동안 해온 동작의 반복일 때 높은 빈도로 발동하는 걸까.

그것은 새로운 깨달음이었다. 프로 스포츠에서도 간혹 게임을 지배해버리는 건 미친 선수가 아닌가. 축구에서 리오넬 메시 같은 선수가 혼자 미쳐 날뛰면 그 팀은 지기 힘들다. 야구에서도 한 투수가 미쳐서 퍼펙트 피칭을 해버리면 그 팀은 거의 지지 않는다. 미친다는 것은 스뽀오츠 정신과 어딘지 모르게 연결되며 그것은 지지 않는 무언가가 된다.

즐겁게 미친다는 게 시무룩하게 맨정신인 인간의 한계를 뛰어넘는 아름다운 무언가가 되는 열쇠인지도 모르겠다.

다음 날 나는 한번 미친 듯이 일해보고 내 스뽀오츠 정신을 다시 소환하겠다고 다짐하며 일찍 출근했다. 미친다. 미쳐서 어딘가에 다다른다. 내가 스뽀오츠 정신의 궁극에 못 미친 건, 미치지 않았기 때문인지도 모른다.

"끼야아아!"

사무실 문을 열자마자 나는 깜짝 놀라 나뒹굴어야 했다. 홍 여사가 미친 사람처럼 비명을 지르고 있었다. 그녀의 눈이 빨갛게 되어 있었다. 상황을 파악한 나는 당장 그녀에게 달려갔다.

"사장님, 무슨 일입니까!"

"어, 광택 씨, 왜 이리 일찍 출근했어요? 아유, 민망해라."

홍 여사는 거울을 보며 급히 상황을 수습하려 했다.

"괜찮으세요?"

"나 요즘 이런 식으로 스트레스 풀어요. 휴우, 어제는 정 문사가 문 닫았대."

그곳은 우리 옆 지역을 맡고 있는 총판이었다. 홍 여사의 긴 한숨이 이어졌다.

도서 총판은 인터넷 서점이 흥하면서 하나둘 사라져갔다. 홍 여사가 아무리 능력을 발휘하며 발버둥쳐도 버틸 수가 없었다. 거대한 쓰나미와 같았다. 동네의 작은 서점들도 그 해일에 함께 매몰되어 가고 있었다. 누구의 잘못이라기보단 시대가 바뀌어가는 것이었다. 어쩔 수 없었다. 큰 도매상들이 부도나면서 폭탄을 돌리자 작은 곳들은 볼링 핀처럼 쓰러져 나갔고, 전부 스트라이크였다. 끝까지 버티던 홍 여사의 작은 총판도 결국 셔터를 내렸다. 어떤 경지에 오를 정도로 미쳐보겠다는 나의 의지는 그렇게 기역 자로 꺾였다.

총판 출근 마지막 날 홍 여사는 경리 여자애를 끌어안고 울었고, 일자리를 잃는 게 한두 번이 아닌 나는 울지 않으려 했다. 홍 여사는 인터넷 서점 쪽에 아는 사람이 있으니 내 일자리를 알아보겠다고 말했다. 에이씨, 그 말을 듣자 홍 여사가 너무 착해서 나도 눈물이 났다.

노끈 묶기 선수 아저씨도 어딘가에서 소주를 마시며 울고 있을지도 몰랐다. 책 배본을 가면 한숨을 쉬며 결제를 미뤄 달라고 하던 동네 서점 주인들도 어딘가에서 울고 있을 것 같았다.

집에서 놀기 시작한 나는 어딘가 시의가 지나가버린 것 같은 스피드 메탈에 뒤늦게 경도되어 하루 종일 헤드폰을 끼고 방바닥을 뒹굴었다. 그것은 분명 미친 음악이었다. 실력 있는 밴드들은 죄다 미치지 않고서야 해낼 수 없는 속도로 연주를 해댔다. 그러나 그 시절은 지나갔고, 내겐 미칠 그라운드가 남아 있지 않았다. 미칠 것 같았다.

한 달쯤 놀았을 때 홍 여사로부터 전화가 왔다. 인터넷 쇼핑몰 물류팀에 자리가 났으니 면접 보러 가지 않겠냐는 것이었다. 스톡옵션도 준다고 했다. 나는 가고 싶지 않았다. 내 입장에선 우리를 쓰러뜨린 적의 진영에 기어들어 가는 건 비루한 항복 선언 같았다. 이미 졌지만 나는 좀 저항하고 싶었다. 선수 생활을 불태워볼 만한 경기를 다시 찾았다고 생각했는데 그라운드가 사라져버리자 기분이 너무 우울했던 것이다.

시의적절치 않게 아버지가 잘 지내느냐고 전화를 걸었다. 아버지도 직장에서 더이상 버티지 못하고 등 떠밀려 퇴직하고 말았다는 둥 이런저런 우울한 얘기 끝에 이제는 내가 희망이라고 말했다. 전화를 끊고 나니 덜컥 겁이 났다. 나는 누군가의 희망이 되기엔 너무나도 희망적이지 않은 삶을 살고 있었다. 정말 허접한 선수로만 뛰었다. 아버지가 불쌍해서 미칠 것 같았다.

나는 홍 여사가 알려준 인터넷 쇼핑몰 담당자 전화번호로 급히 연락했으나 그는 냉정하게 말했다.

"어휴, 늦었어요. 이런 일을 며칠 뒤에 연락하시면 어쩌라고요."

그의 말투엔 마치 세상은 이토록 빠르게 변화하는데 당신은 그 속도를 못 쫓아가고 있다는 뉘앙스가 내포되어 있는 것 같았다.

속도와 센스 빼면 쓰러지는 신광택인데 어쩌다 이렇게 되었지? 그러고 보니 미친 듯이 빠른 세월의 속도가 실감 났다. 눈 깜짝할 새 서른이 훌쩍 넘어 있는 것이었다. 나이를 먹는다는 건, 아끼며 빨아 먹던 아이스크림을 떨어뜨리는 것처럼 서러운 종류임을 그제야 깨달았다. 세월이 인간을 발전시킨다고만 생각했는데 틀린 것 같았다. 기존에 가진 건 잃어가고 새로운 건 가지기 힘들어지는 게 나이를 먹어간다는 것의 의미였다. 발전은 개뿔, 나는 퇴보하기 시작했음을 눈치챘다.

얼마 뒤 홍 여사가 소개해준 인터넷 쇼핑몰이 뉴스에 나왔다. 코스닥에 상장되며 스톡옵션을 받은 직원들이 모두 큰돈을 만지게 되었다는 소식이었다.

*

사내가 말했다.

"나도 그 진동을 알고 있소. 사람의 한계를 넘나들 때 일어나는, 더도 덜도 아니고 딱 뿡뿡뿡뿡 하는 소리 말이오. 나는 그걸 정신력의 에너지가 육체에 접속하기 위해 우르르 달려드는 소리라 믿고 있소."

사내의 단골집이라는 하우스 맥주집에 앉자마자 그는 뿡뿡뿡뿡 하는 진동에 대해 설명했다. 나의 눈동자가 뿡뿡 확장되었다. 이 아저씨도 스뽀오츠 정신에 대해 뭔가 알고 있는 것이다.

"어떻게 아십니까?"

"아까 당신이 포장마차에서 술 깨려고 그걸 썼잖소. 아니오? 술에 취해 몸도 못 가누던 사람이 그 무시무시한 취기를 극복하고 갑자기 일어설 때 확실히 눈치챘소. 퍽 놀라웠소. 나 말고도 그런 정신력을 쓰는 자가 있다니."

"전 그것을 스뽀오츠 정신이라 부릅니다."

"뭐라고 부르든 우리에겐 공통점이 있소. 내 그럴 줄 알았지."

"혹시 아저씨는 자유자재로 발동할 수 있어요?"

"그렇지는 않소. 안 될 때가 더 많아. 다만 오늘 당신과 시합할 땐 처음부터 그것이 발동되었소. 내 무의식이 선수를 알아본 거지."

사내는 시선을 술잔으로 옮겼다.

"그래서 절 이겼군요."

나는 그와 건배를 하고 술 한 잔을 꿀꺽꿀꺽 삼켰다. 정말 맛있는 맥주였다. 맛없는 맥주가 되기 쉬운 한계를 훌쩍 극복한 고도의 감칠맛이 느껴졌다. 그토록 많이 마셨는데도 또 술이 넘어가는 걸 보니 나 역시 무언가를 극복한 단계에 진입해 있는 것 같았다.

"전 그게 마라토너들이 느낀다는 '러너스 하이'와 비슷한 거라고 생각해요."

사내는 천천히 고개를 끄덕였다.

"정신력이 발동될 때, 어느 순간 고통을 넘어서며 밀려드는 행복감이 내게도 있소. 다만 한 가지 차이가 있다면 러너스 하이는 엔돌핀에 의한 진통제와 다름없지만 이 현상엔 뭔가 한계를 돌파할 만큼 강한 에너지가 되는 물질이 더해진다는 거요. 인체에 잠재된 기능인지도 모르겠소."

나는 사내와의 대화가 몹시 흥미로워 귀를 토끼처럼 쫑긋하고 대답했다.

"맞아요. 역시 인간에겐 그런 잠재적 파워가 있는 것 같아요. 아이를 구하기 위해 엄마가 달려오는 트럭 바퀴를 든다거나 하는 경우도 있잖아요."

"그렇소. 만약 그 프로세스를 알게 된다면 증폭되는 힘으로 질병의 한계도 돌파할 수 있지 않을까 늘 상상하오."

사내는 그 말을 하며 살짝 기침을 했다. 기침을 할 때 그의 미간 주름이 깊이 잡혔다. 갑자기 그가 무릎을 치며 눈을 빛냈다.

"우리 둘의 방식을 조합해보면 답이 있을지도 모르잖소. 우선 말해보시오. 경험들을. 당신의 그 스뽀오츠 정신이란 게 발동되었던 경우들 말이오."

나는 맥주를 한 잔 더 주문하곤 세차 일을 할 때와 배달 오토바이를 몰 때, 그리고 스뽀오츠 정신으로 일을 때려치우던 얘기를 해줬다. 도서 도매상의 노끈 묶는 아저씨 얘기도.

"그러니까, 사람이기 때문에 겪는 한계와 마주하는 게 첫 번째입니다. 일반적인 한계로는 어림도 없고 아주 커다란 한계가 기본이 되어야 하죠. 다음 단계가 그 한계를 극복하려는 미친 듯한 의지입니다. 제 생각엔 정신을 살짝 놓아야 할 지경으로 강력한 의지여야만 하죠. 미친 것과 제정신인 것의 중간 정도를 넘나든다고 할까요. 그렇게 되면 현실을 무시하게 되면서 즐거워집니다. 한마디로 즐겁게 미치는 거죠. 그리고 가장 중요한 건 이 모든 과정에 역동성이 있어야 한다는 점입니다. 역동성, 사랑에 빠진 자의 심장처럼 쿵쿵 쿵 뛰는."

내 얘기를 덕지덕지 듣던 아저씨는 목이 마른 듯 맥주를 한 번에 비웠다.

"아저씨 방식은요?"

"내 방식은 그리 복잡하지 않소. 가만히 아름다움에 대해 명상하는 것이오."

"아름다움에 대한 명상이오?"

나는 맥주를 깊게 한 모금 삼켰다.

"그렇소. 아름다움에 대한 명상은 아름다움에 대한 열망이오. 그게 없으면 당신이 말한 나머지 요소들이 물거품이 될 수도 있소. 물론 그 모든 게 다 있어도 잘 안 될 때도 있지만."

아름다움이라. 뭔가 하나 더 배운 느낌이었다.

"그나저나 아저씨는 언제부터 이걸 알게 되었어요?"

사내가 망설임 없이 대답했다.

"프레데릭 라르손을 아시오?"

*

도서 총판을 그만둔 뒤 몇 달 동안 일도 안 하고 방황했더니 생계 걱정이 찌질하게 우는소리를 냈다. 그 소리가 너무 시끄럽고 지겨워 나는 월세방 보증금을 줄여 더 작은 집으로 이사했다. 모아놓은 돈이 없는 나로선 파먹을 돈이 그것밖에 없었다.

이사할 때 대부분의 잡동사니를 버리는 과정에서 나는 세차장 이원식 씨가 준 프레데릭 라르손 전집을 발견했다. 소설 말고도 그는 시와 희곡, 심리학, 역학까지 저술했고 원맨밴드로 음반도 냈다. 전집엔 그게 다 들어 있었다. 나는 이미 세 번 정도 읽고 들었지만 다시 섭렵하고 싶어 옥탑방으로 전집을 옮겼다.

햇살이 눈부시게 빛나고 새들이 창밖에서 죽어라 지저귀고 있던 어느 봄날, 프레데릭 라르손의 『예테보리 쌍쌍바』를 읽으며 그의 기괴한 록 음악을 듣고 있던 나는 방바닥을 차고 점프하듯이 일어났다. 이 소설이 내 마음을 뜨겁게 만들어버린 것이다. 그것은 단순한 극사실주의 무협 소설이 아니었다. 주인공 스벤손과 에릭손의 대결 구도는 그야말로 인생의 한계와 스뽀오츠 정신의 대결 구도에 대한 치밀한 메타포였다. 둘은 끝까지 팽팽한 승부를 겨루고 그 과정이 서로를 지탱했음을 끝내 깨닫는다. 그리하여 대단원에서 쌍쌍바를 사이좋게 쪼개 먹는 것이다.

아, 방바닥을 뒹굴 때가 아니었다. 무언가 다시 시작해야 했다. 예테보리라는 지명 때문인지 현희가 어떻게 사는지 너무 궁금했다. 그녀를 한시도 잊은 적이 없었지만 그녀에게 연락하려는 시도를 한 적도 없었다. 그러기엔 왠지 스스로가 계속 부끄러웠다. 그녀에게 줄 감동이 없는 상태니까.

아무튼 설마 하면서 구글에 그녀의 이름을 검색한 나는 깜짝 놀라고 말았다.

잡지와 일간지에서 그녀를 인터뷰한 기사 수십 개가 나오는 것이었다. 동명이인이 아니었다. 세월이 흘렀지만 나는 한눈에 그녀를 알아볼 수 있었다. 나는 그중 한 인터뷰 기사를 클릭해보았다.

아름다운 사람들: (주)청어처럼 트래블 장현희 대표.

"너무나 아름다운 그곳을 부디 많은 사람들이 가볼 수 있기를 바랐어요. 처음엔 오직 그 일념뿐이었지요."

그녀는 물가가 비싼 북유럽 여행을 현지인 홈스테이와 통나무집을 결합한 획기적인 가격의 상품으로 개발해냈다. 기사에는 그녀가 국내외 여행 업계에서 신화에 가까운 대성공을 거두었다는 내용이 날렵한 필체로 씌어 있었다. 남편을 따라가 살게 된 예테보리와, 이후 알코올중독에 빠져버린 남편과 이혼하지만 좌절하지 않았던 그녀의 삶과, 무수한 시행착오와, 불가능을 딛고 일어선 성공 스토리와, 수익의 사회환원까지 나는 그녀의 근황을 눈이 아프도록 자세히 읽었다.

헉, 그 요리사 남편이 알코올중독이었단 말이지. 세상에, 술에 취해 막 두들겨 패고 그러진 않았으려나. 에휴.

나는 꼭 그렇게 해야 할 필요는 없었지만 방구석에 널린 술병들을 봉지에 담아 버리고 돌아왔다. 하도 많아서 옥탑 계단을 두 번이나 오르락내리락했다.

그리고 기사에 나온 그녀의 사진을 보고 또 보았다. 오, 그녀는 나를 처음 만났을 때 호기심 가득 찬 동그란 눈 그대로였다. 그녀라면 스스로의 질문에 대한 답을 찾아낼 줄 알았다. 나와 다른 길을 갔던 그녀는 이제 나같이 허접한 선수가 아니라 당당히 이름난 선수로 활동하고 있는 것이다.

어디까지가 진실인지는 몰라도 그녀가 정말 아름다운 사람이 되고 말았다는 건 분명해 보였다. 심장이 뛰면서 뻥뻥뻥뻥 하는 진동이 느껴졌다. 그 감촉은 여전히 첫사랑의 느낌으로 뭉클했다. 나는 승부의 세계를 좇았고 그녀는 아름다움을 좇았다. 현재 스코어로는 나의 완패라는 생각이 들었다.

그러나 아직 안 끝났어.

손을 들여다보았다. 열정에 차 기록들을 갈아치우던 순간의 재미와 내가 펼쳐 보였던 멋진 플레이들의 의미가 빵빵하게 덩어리져 내 손안에 와락 쥐어졌다. 바로 그것이었다. 손이 뜨거웠다. 스뽀오츠 정신이 손에 잡힐 듯 가까이 있는 것 같았다.

그녀는 이미 나와는 너무 먼 사람이었지만, 여전히 나와는 성장 방향이 다른 사람이겠지만, 나를 완전히 잊었겠지만,

그녀가 내게 훌륭한 메시지를 던져주었다고 생각했다.

쪽팔리게, 난 방바닥이나 뒹굴고 있었어. 뜨거운 손바닥으로 바닥을 짚자 원대한 에너지가 용솟으며 몸이 착, 일어나졌다.

다시 무슨 경기든 하기로 마음먹었다. 이 지긋지긋한 밑바닥 선수 생활의 궁극적인 의미와 재미를 끝내 깨달아버리고 싶었다. 이 길도 미친 듯이 끝까지 가면 분명 아름다운 것이 있을 것 같았다.

『예테보리 쌍쌍바』의 두 주인공은 정파와 사파로 나뉘어 서로 성질이 전혀 다른 무공을 사용하며 점점 고수가 되어가는데, 전혀 융합될 것 같지 않던 그 길의 궁극에 다다랐을 때 그들은 비로소 깨달음을 얻는다. 그것은 바로 서로의 무공이 너무나 닮아 있다는 것이었다. 어떤 길로 왔건 궁극에 달한 것은 하나의 아름다운 지점에 도달하는 것이다.

모든 특별한 인간들의 경기는 기록된다. 현희는 인터넷에 기록되어 있었다. 나는 기록조차 되지 않는 선수로 남는 것이 너무나 싫었다. 그리고 번개처럼 무섭고 화려하게 번쩍거

려야겠다고 다짐했다.

나는 또 다른 선수 생활을 찾아 나섰다.

뭔가 이상적인 흐름이 나를 이끈다는 느낌이 들었다. 말도 안 되는 소리 같지만 구름의 움직임을 보고 오늘 밤엔 비바람이 치겠군, 하고 느끼는 것과 같은 종류였다.

실제로 비바람이 칠 것 같은 날씨였다. 나는 일단 밥을 든든히 먹고 운명의 그라운드를 찾아내겠다고 결심했다. 현희 소식을 들어서인지 최근에 새로 생겼다는 예테보리 음식 전문점에 가보고 싶었다. 나는 그 가게를 찾기 위해 이태원 뒷골목을 헤매다, 머리숱이 없는 외국인이 어떤 가게 앞에 종이 같은 걸 붙이려는 걸 보았다. 그때 갑자기 강한 바람이 불었고 그 외국인은 종이 쪼가리를 놓쳐버렸다. 그것은 바람에 날려 허공을 비행하더니 내 얼굴에 철썩 붙어버렸다. 나는 봉변을 당한 느낌으로 허우적대며 종이를 떼어내려 애썼다. 머리숱이 없는 남자가 내게 달려와 종이를 떼주었다.

"오, 미안해요."

나는 종이 같은 것에 맞고 뻗을 정도로 연약한 삶을 살아오지 않았다. 그런데 나는 그 자리에 털썩 주저앉고 말았다.

얼굴에서 떼어낸 종이에 쓰인 글 때문이었다.

주방 설거지 잘하는 분 모셔요.
매우 바빠요. 일한 만큼 돈 드려요.
처음 월급 이백오십만 원. 차차 올라가요.
하루 여덟 시간 일해요. 일주일에 이틀 쉬어요.

어색한 문장으로 적힌 그 문구는 나를 흥분시켰다. 설거지
로 주 오 일, 하루 여덟 시간에 이백오십만 원이라고? 지금
껏 받아온 월급의 두 배였다. 나는 세상에 무슨 이런 괜찮은
일이 다 있나 하고 깜짝 놀라며 머리숱 없는 남자의 어깨를
콱 붙잡았다. 성급하게 손을 뻗어 자칫하면 그의 민머리를
잡는 실수를 할 뻔했다.

"그 구인 광고 붙이려는 겁니까, 떼려는 겁니까?"
"막 붙이려던 중이에요."
"제가 그 일을 하고 싶은데요."
"그래요? 구인 광고가 구직자에게 날아가 붙다니 정말 신
기하네요. 제가 매니저입니다. 들어오세요."

나는 그를 따라 가게로 들어갔다. 그곳은 바로 내가 찾던 '예테보리 상상 식당'이었다. 전반적으로 가구의 디자인과 색채, 조명의 조화가 깔끔하게 이루어진 인테리어를 갖추고 있었다. 매니저는 내게 푹신한 의자를 권했다.

"마침 여기 식사하러 오던 길이었습니다."

"오, 그럼 식사 먼저?"

매니저는 메뉴판을 들고 오려고 했다.

"아, 먼저 일 얘기부터 하는 게 좋겠는데요."

"그래요."

"면접을 보러 오려던 게 아니라서 상태가 이렇습니다."

나는 급히 나오느라 산발한 머리가 신경 쓰였다.

"로커 같고 좋은데요?"

그는 얼굴 근육을 너비아니처럼 펼치며 사람 좋아 보이는 미소를 지었다.

"근데 급여가 정말 이백오십입니까?"

"네, 우리 식당에서 가장 힘든 게 설거지니까요. 요리사도 웨이터도 설거지하는 사람보다 바쁘지는 않아요. 그래서 돈 많이 주고 싶어요. 주방장 다음으로 많이 주고 싶어요. 저 같은 매니저는 하는 일이 별로 없으니까 조금만 가져가고요."

"이상주의자입니까?"

"아니요. 현실주의자예요. 일에 대한 부당한 대가가 비현실적인 거죠."

"놀랍군요."

"우선 몇 가지 질문부터 할게요. 여기서 일하는 걸 알면 안 되는 사람 있어요?"

"그럴 리가요. 없습니다."

"그럼 다음 질문. 무대 공포증 있어요? 우리 주방 콘셉트는 열린 무대거든요. 핀 포인트 조명을 받을 때도 있는데, 손님들은 마치 관객처럼 주방에서 벌어지는 일을 관람하지요."

"인생 역시 누군가 지켜보는 무대가 아닐까요. 전 재미있을 것 같은데요?"

"좋습니다. 일하는 사람과 손님들 모두의 즐거움을 위한 제 아이디어인데 거부감이 없어서 다행이네요."

이곳에서 일하는 건 아주 흥미로울 것 같았다. 매니저는 내게 악수를 청했다. 손이 말랑말랑 따스한 남자였다.

"전 오케이입니다. 가급적 빠르면 좋겠지만 원하는 날짜에 출근 시작하세요."

"원하는 날짜라면 오늘부터요."

그러자 그는 또 너비아니 같은 미소를 지었다.

"좋습니다. 성격이 급해서 설거지도 빨리하겠어요. 그럼 우선 식사부터 즐기세요."

그렇게 나는 마른하늘에서 날벼락이 떨어지듯 '예테보리 상상 식당'에서 설거지 선수로 일하게 되었다. 민머리 매니저가 추천해준 청어 요리는 그동안 지친 내 마음을 노릇노릇 구워주듯 맛있었다. 레스토랑에서 일하는 모든 직원들의 움직임도 막히는 곳 없이 유기적이고 체계적이었다.

매니저가 시스템을 잘 만들어놓은 것 같았다. 수화처럼 보이는 매니저의 사인에 의해 서빙 인력이 활기차게 움직이고, 주방에서 맛있는 음식이 척, 척 나오고, 손님들은 아주 만족스러운 얼굴로 레스토랑을 떠났다. 이런 곳에서 일하게 되다니. 행운이 내게 눈꺼풀을 벌렁거리며 윙크하는 기분이었다. 여기서 그릇을 깨끗하게 닦으며 구질구질한 운수나 너절했던 삶을 깔끔하게 정리할 수 있다면 그 의미가 상당할 것 같았다.

　문제는 장사가 너무 잘된다는 점이었다. 처음 주방에 들어가 앞치마를 두르고 모자를 쓴 다음 개수대 앞에 섰을 때 잔뜩 쌓인 설거지거리가 나를 위협하는 듯했다. 또 애송이가 왔군, 어디 덤벼보시지, 어제 그만둔 그 굼벵이처럼 똥구멍을 걷어차주지, 하고 말하는 것 같았다.

　하지만 나는 겁먹지 않았다. 무엇에도 지고 싶지 않았다. 나는 다리를 조금 벌려 자세를 잡고 긴 호흡을 들이마신 다음 그릇들과 부닥쳐나갔다. 익숙하지 않아 몇 번 그릇을 떨어뜨릴 뻔했지만 순발력을 발휘해 발끝으로 받아냈다. 좋은 일자리에서 첫날부터 실수하고 싶지 않았다.

　주방에서 일하는 사람은 모두 여섯 명이었다. 주방 역시 파트별로 정확히 나뉘어 분업 체계가 이루어져 있었다. 주방장은 바이킹의 후손이 틀림없을 외모의 서양인이었고 나머지는 한국인들이었다. 모두 요리에 뜻을 품은 선수의 풍모를 갖추고 있었다.

"이 친구들 당장 어디 가서 가게를 차려도 될 정도의 실력을 가졌어. 하지만 난 항상 부족하다고 말하지. 아직 즐기질 못해. 저 표정들 좀 봐. 조명을 비추면 내가 다 부끄럽다니까."

주방장은 그 말을 하며 껄껄껄 웃었다. 그의 웃음소리엔 카리스마가 있었다.

"한 가지만 부탁하지. 나는 설거지가 밀려 그릇이 부족하면 즐겁지 않아. 그렇지 않은 경우, 늘 자네를 즐겁게 대할 거야."

주방장이 자기 자리로 돌아가자 조명이 그를 따랐다. 그는 손님들이 훤히 들여다보는 주방의 맨 앞에서 요리사들을 지휘했다. 악단을 이끄는 지휘자 같은 모습이었다.

구석에서 설거지하는 내 모습을 유심히 바라보는 손님은 없었다. 대개는 요리사들을 보고 있었다. 하지만 관객이라니, 내 쇼맨십이 자극을 받았다. 멋져버려야겠다. 나는 선수니까.

그런데 그릇이 많아도 너무 많았다. 일이 바빠봤자 설거지 정도는 너끈히 해낼 수 있다고 생각한 건 오산이었다. 테이블이 사십 개 정도 되는 가게였는데, 점심과 저녁 시간에는 테이블이 거의 찼다. 두 명 기준의 테이블 하나에 정찬으로 나가는 식기 수는 적게 잡아도 여덟 개였다. 테이블이 한 번 도는 동안 식기 삼백이십 개 이상을 소화해내야 하는 셈이 었다. 게다가 네 명 이상 되는 손님들도 꽤 많았다. 쇼 때문 인지 식기세척기도 쓰지 않았다. 일 초도 쉬지 않고 몸을 놀려야 간신히 처리되는 수준이었다.

"구앙트액 씨가 열심히 하니까 주방에 역동성이 더해지네요. 역시 기계는 재미없어요. 사람이 재미있어요."

매니저의 혓바닥은 내 이름을 제대로 발음하지 못해 구앙트액이라 했다. 역동성이라. 내가 좋아하는 그 단어는 지친 팔다리에 다시 힘을 가해주었다. 좋아하는 것들은 언제나 힘이 된다. 그렇다면 좋아라 하는 게 많을수록 인생은 활기가 넘치겠지? 설거지와 사랑에 빠져볼까?

하지만 사람의 손이 가진 속도와 닦아야 할 그릇 개수와 시간의 한계는 분명했다. 일단 나는 그 사실을 반겼다. 한계가 있어야 극복할 여지가 있지. 나는 그동안 내가 넘어서지 못했던 한계들을 떠올렸다.

부상의 한계, 실수의 한계, 인내력의 한계, 같이 일하는 사람의 인격에 백기를 든 한계, 조직 시스템의 부당함에 대한 한계, 변화하는 세상의 한계. 나는 그런 한계들과 제대로 싸워보지 못했고, 그렇기 때문에 무엇 하나 제대로 넘어서지 못했다. 그래서 이긴 적도 없었던 것이다.

나는 이번 한계를 아주 소중하게 생각했다. 이제 나는 한계가 왔을 때 체념하고 낙담하는 하수가 아니다. 한계에 질 수밖에 없는 그저 그런 선수도 아니다. 즐기며 극복하는 거다. 다른 방해 요인은 없다. 오로지 그릇과 싸우면 되는 것이다. 이것도 넘어서지 못하면 나는 결코 현희처럼 아름답게 성공하는 존재가 될 수 없을 것 같았다.

나는 짐승처럼 크르릉거리며 속도를 높여나갔다. 수세미에 세제를 묻히는 동작에서 출발해 그릇의 앞뒤를 닦는 즉시 흐르는 물에 두 번 헹궈내고, 기름기가 남아 있지 않은지 확인한 뒤 건조대에 올려놓고 다음 그릇으로. 반복, 또 반복. 건조대에 일정한 양의 그릇이 쌓이면 마른 천으로 물기를 완전히 제거한 다음 요리사들의 선반에 올려주었다. 그다음엔 나이프와 포크를 상대했다. 수저와 달리 닦아본 적이 거의 없는 물건들이라 속도가 느렸다. 청어가 긴 포크 사이사이를 닦기 위해선 손가락에 힘을 꽉 줘야 했다. 그러면서도 완벽하게 깨끗해야 했다.

그 과정을 즐기는 건 쉽지 않았다. 접시들이 줄어드는 속도가 쌓이는 속도를 계속 이기질 못하고 있었다.

그때, 요리사들이 쓴 조리 도구가 밀려들었다. 자기들이 닦아서 바로 쓰는 것도 있었지만 내게 맡기는 건 커다란 도구들이었다.

"한 번 더 써야 하니까, 그것도 빨리 부탁해요."

아아. 한계가 확장되었다. 지금 있는 설거지거리도 버거운데 뭔가 더해지다니. 게다가 또 웨이터들이 접시를 가득 들고 와 선반에 놓고 갔다. 숨이 턱 막힐 지경이었다.

문제를 해결할 방법을 잽싸게 생각해보았다. 매니저가 말한 역동성이란 단어가 힌트처럼 깜빡거렸다. 나는 호흡의 박자를 바꾸었다. 숨을 힘차게 들이마시고 내뿜는 속도를 높여본 것이었다. 그러자 호흡이 일으킨 역동성이 심장 박동을 고조시키며 몸에 탄력을 부여했다. 그 상태로 다시 그릇을 닦아보았다. 어디선가 움직임을 즐기려는 의지를 가진 리듬이 일어났다. 몸에서 열이 나고 이마에서 한 줄기 땀이 주르르 흘렀다. 나는 앞치마 안쪽 셔츠 단추를 두 개 열었다. 조금 전보다는 확실히 처리하는 속도가 빨라졌다.

조리 도구는 워낙 커서 개수대를 가득 차지했다. 개수대를 비우고 그것만 상대하기도 벅찬 놈이었다. 팔과 어깨와 다리가 욱신거렸다. 쓰러질 것 같았지만 나는 첫날을 간신히 버텨냈다. 정신력마저 고갈되기 바로 직전에, 월급이 이백오십만 원이라고! 외치며 정신력을 다시 끌어올렸을 때가 가장 극적인 순간이었다.

퇴근 후 집에 돌아오니 몸이 오래 데친 숙주나물 같았다. 나는 내일을 위해 바로 잠을 청했다. 그런데 애석하게도 나는 꿈에서도 설거지를 했다. 꼬마들이 내 뒤에 줄줄이 서서 나를 구경하고 있었다.

"이 아저씨 되게 느리다. 볼 게 없어. 멋지지가 않아."

나는 아니라고 부인하며 손을 마구 움직였다. 애들아, 이 멋쟁이 삼촌이 뭔가 보여주지. 그러자 그때부터 그릇들이 손에서 자꾸 미끄러지고, 사방에서 마구 튀어 오르더니 바닥에 한꺼번에 떨어졌다. 내가 손만 대도 그릇들이 튀어 올라 엄청난 소리를 내며 깨져나갔다. 꼬마들은 마구 웃어댔고 나는 비명을 질러댔다. 그러자 한 요리사가 내 머리에 커다란 양동이를 씌워버렸다. 시끄러워, 이 밥통 같은 놈아. 내 비명 소리는 양동이에 갇혀 묵음이 되었다.

잠에서 깨어나보니 팔을 막 휘저으며 발버둥쳤는지 머리가 빨래통으로 쓰는 라탄 바구니 안에 기어들어 가 있었다. 허탈했다. 아, 꿈에서라도 좀 쉬면 안 되나.

문득 잠을 자면서도 일을 했던 경우들이 떠올랐다. 세차를 배울 때 꿈에서도 차를 닦았고, 배달할 땐 꿈에서도 머리카락을 휘날리며 오토바이 그립을 당겼다. 내가 팽팽한 선수였을 때, 아주 젊었을 때, 나의 무의식은 이기고 싶고 넘어서고 싶다는 정신으로 충만해 있었다. 무의식이 스뽀오츠 정신을 소환하는 오기를 만들고 있었던 것이다. 그렇다면 일하는 꿈을 꿨다고 괴로워할 필요는 없을 것이다.

설거지. 이 장르에서도 과연 스뽀오츠 정신이 발휘될 것인

가. 조심스레 다뤄야 하는 그릇에겐 어떻게 발휘될지 상상이 되지 않았다. 나는 묵직한 팔꿈치를 들어 설거지를 빠르게 하는 연습을 해보았지만 금세 팔을 들 기운조차 없다는 사실을 깨달았다. 그러나 포기하지 않았다. 포기하지 않는 게 시작 아닌가. 자, 이런 각도로 수세미를 잡고 접시를 이렇게 기울이면 최단 거리에서 밀착되어 만나고, 그다음 한 손으로 헹구고, 다음 접시를 이렇게 집고. 아, 팔이 모자랐다. 팔이 하나만 더 있었으면 좋겠다고 생각하며 나는 연구를 거듭했다. 다른 방법이 있을 거야. 나는 밤새 한숨도 못 자면서 나만의 설거지 기법을 개발하는 데 골몰했다.

단지 먹고살아야 하기 때문이 아니라, 급여가 괜찮아서가 아니라, 오기 때문이었다. 근성 때문이었다.

그러나 나는 출근한 지 열흘이 지나도 뾰족한 방법을 찾지 못했다. 어떤 파스가 관절통에 괜찮은지만 찾아냈을 뿐이었다.

매니저는 특유의 미소를 지으며 전에 일하던 사람보다 세 배나 빨라요, 하고 얘기했지만 다른 사람보다 살짝 괜찮은 걸로는 만족할 수 없었다. 선수와 일반인은 훌쩍 달라야 한다. 나는 무조건 선수가 되고 싶었다.

설거지를 하는 꿈은 계속되었다. 꿈속에선 나아지고 있었다. 꼬마들이 박수를 쳤다. 문제는 현실이었다. 한번은 그릇들이 변형되어 썩은 혓바닥처럼 되어버렸지만 그걸 끝내 설거지하는 꿈을 꾸었다. 썩은 대가리, 썩은 심장, 썩은 군대, 썩은 회사, 썩은 도시, 썩은 나라 등등 빨리 닦지 않으면 별 희한한 것들로 변해버리는 접시들을 설거지하는 꿈도 꾸었다. 내가 싫어하는 것들이 되어버리지 않도록 폭풍 같은 수세미질을 해대면 그것은 깨끗한 그릇으로 다시 돌아왔다.

그 꿈을 꾼 다음 날은 설거지에 결코 지고 싶지 않았다. 승부욕이 내 심장 속에서 갓 잡은 붕어처럼 펄떡거리고 있었다.

나는 팔과 손끝에 기를 넣어 접시와 수세미의 밀착 강도를 높이는 연습을 했다. 그러나 너무 세게 잡았는지 접시 귀퉁이가 깨져 나가버렸다. 어느새 내 뒤로 다가온 주방장이 말했다.

"릴렉스, 광택. 오버 페이스야. 자네 속도면 충분해. 나는 자네가 그렇게 무서운 얼굴로 일하는 건 즐겁지 않아."

브레이크 타임 때 화장실에서 거울을 보니 주방장 말처럼 확실히 내 인상은 많이 일그러져 있었다. 잠도 잘 못 자고, 마구 팔을 휘두르고, 거기에 기합을 넣기 위해 용을 쓰다 보니 얼굴이 담백한 기운을 전부 쥐어 짜낸 걸레처럼 되어 있었다.

다음 날 나는 스피커가 달린 시디플레이어를 한 대 들고 출근했다. 물이 튀지 않는 위치에 그걸 놓자 주방장이 내게 미소를 보냈다.

"광택, 릴렉스 방법을 찾았군그래. 마음껏 들어도 좋아."

나는 그에게 고맙다고 말했다. 내가 가져온 앨범은 베토벤의 피아노 소나타 8번이었다. 도서 총판 일을 할 때 경도된 바로 그 음악이었다. 세게 쾅, 한 다음 따다단 따단 하는 멜로디가 부드럽게 이어지고 다시 푸쾅, 한 다음 따다단 따단하고 또 부드럽게 이어지는 그 소나타의 첫 부분은 주방의 분위기를 아름다운 분위기로 물들여갔다.

순간 뭔가 깨달음이 왔다. 아름다움. 기술과 기교와 힘과 역동성이 조화를 이루며 무언가를 극복하는 비현실적인 아름다움. 그 음악 속에서 어떤 소스를 읽어냈다. 동대문 도매상의 고수 아저씨도 우선 힘을 빼라고 했지. 모든 일의 기본은 릴렉스다.

나는 음악과 함께 힘줄 땐 주고, 뺄 땐 빼면서 일했다. 그러자 바짝 힘주고만 있을 때보다 속도가 좀 더 나오는 것 같았다.

그런데 나는 퇴근길에 수세미를 더 사달라고 말하려고 매니저 방을 노크하다가 뒤로 자빠져 엉덩이를 꿍떡꿍떡 찧을 만큼 놀랐다. 가게의 사업자 등록증이 문 앞에 게시되어 있었는데 대표 이름이 장현희였다.

아아 설마, 내가 아는 그 현희인가. 우리 가게엔 그녀가 대표로 있는 여행사의 카탈로그들이 한구석에 배치되어 있었다. 그걸 봤을 땐 현희네 여행사가 북유럽 레스토랑이라고 여기에도 밑밥을 깔아놨네, 정도로만 생각했다. 홍보 목적으로 우리 가게와 파트너십 제휴를 맺었을 거라고 가볍게 여겼다. 나는 당장 매니저에게 물었다.

"우리 가게가 청어처럼 여행사랑 무슨 관계죠?"

"오, 설거지 기술자 구앙트액 씨, 그게 궁금해요? 여긴 청어처럼 여행사 직영 레스토랑이에요."

"네에? 여행사에서 왜 식당까지?"

"음식 문화 간접 체험 이벤트로 시작했다가 일이 커져버린 거예요. 알다시피 장사가 너무너무 잘되니까, 회사로서도 좋은 거죠."

충격적인 사실이었다. 이를 어쩌나, 나는 첫사랑 현희 밑에서 일하는 직원이 되어버린 셈이었다. 그게 고깝거나 자존심 상하는 건 절대 아니었는데 어쩐지 부끄러웠다. 가뜩이나 주방이 무대처럼 오픈되어 내가 일하는 게 다 보이는데.

"보스는 자주 오나요?"

"아주 가끔 바이어들과 식사하러 오는 정도?"

난감했다. 아주 가끔이라고 해도 훤히 드러난 주방을 통해 당연히 내가 보일 텐데. 나는 아직 감동적인 선수가 아닌데. 현희는 설거지하는 나를 어떻게 생각할까. 어쩐지 자기

말 안 듣더니 결국 이런 일을 하는구나 하고 생각할 것만 같았다. 하지만 이런 일이라니. 설거지는 누군가 꼭 해야 한다. 사회적으로 성공한 사람만이 괜찮은 인생을 살고 있는 건 절대 아니다. 무슨 바보 같은 자괴감이냐.

나는 스스로에게 항변했다. 그런데 스무 살 이전의 나와 비교했을 때 서른을 훌쩍 넘긴 나는 인상도 많이 달라졌을 것이다. 예전처럼 피부도 뽀송뽀송하지 않고 수염도 길렀으니 못 알아볼 수도 있을 것 같았다.

내가 어깨를 늘어뜨린 채 집에 가려고 할 때 매니저가 팔을 잡았다.

"구앙트액 씨, 요즘 왠지 위태로워 보여요. 접시들과 싸우고 있어요."

"제가요?"

"설거지의 세계에선 일반인을 파이터가 이기고, 파이터를 기술자가 이기고, 기술자를 아티스트가 이기지요."

"무슨 뜻이죠?"

나는 민머리 매니저의 넓은 이마를 올려다보았다.

"믿기지 않겠지만 전 스톡홀름의 칼 구스타프 워싱업 컴

페티션 삼 회 연속 우승자예요."

"믿을 수 없군요. 정말 그런 경기가 있어요?"

"믿거나 말거나."

그는 미소를 머금고 내 어깨를 두 번 두드린 다음 수트를 걸치고 사라졌다.

집으로 돌아온 나는 샤워를 하며 매니저의 말을 껌처럼 곱씹었다. 최후의 승자는 아티스트라. 나는 파이터로 승부욕을 부리며 이기려고만 살다가, 기술을 배웠고, 그래도 졌다. 최후의 승자가 되기 위해선 아티스트가 되어야 하는 건가. 내가 그런 어마어마한 존재가 될 수 있을까. 어쩌면 여기에 인생의 법칙이 숨어 있는 건 아닐까. 아티스트의 경지에 올라 있으면 현희가 설거지하는 나를 보더라도 조금 덜 부끄럽지 않을까.

나는 조금이라도 더 발전하고 싶어 마음이 조급해졌지만 스스로를 다독였다. 한 발씩 나가면 된다. 한 번에 되는 건 세상에 없다.

아티스트가 되려면 아티스트들을 보러 다니는 거다. 나는 쉬는 날에 숙주나물 같은 몸을 움직여 밴드의 공연과 발레 공연, 피겨 공연을 보러 다녔다. 확실히 도움이 되었다. 사람들이 몸으로 보여주는 난이도 높은 예술을 보고 나면 소름이 돋고 팔꿈치가 저릿하면서 강력한 스뽀오츠 정신의 진동이 느껴지곤 했다.

나는 출근하기 전에 달리기와 수영, 자전거로 체력을 증폭시키는 일과를 보냈다. 술 마실 시간이 있으면 설거지 기법을 연구했다. 프레데릭 라르손도 내게 답을 보냈다. 그의 작품 『예테보리 쌍쌍바』에 있는 대사 중 하나였다.

– 내가 왜 당신에게 졌지?

– 이기려고 하니까.

– 당신을 이기고 싶어 죽겠어.

– 그러지 말고 스스로 멋진 존재가 되면 어떨까. 그럼 나와 대등해질 텐데.

그 문장은 굉장히 '후까시'를 잡는 말로 들렸지만 어쩐지 이해가 되었다. 멋진 존재가 되면 이기고 지는 문제를 벗어나는 것이다. 직업이 무엇이든, 돈을 얼마나 벌든, 사람이 멋지면 되는 문제라는 것 같았다. 남의 것을 빼앗으며 탐욕을 부리려 하면 이기려 하는 자가 된다. 프레데릭 라르손에 따르면 그들은 끝내 이기지 못할 것이다. 정말 훌륭한 선수란 이길 필요 없이 스스로 멋있게 존재하는 것이다.

그 깨달음을 얻고 삼 개월이 지난 어느 날 신기한 일이 벌어졌다. 손님이 많은 주말이었는데 설거지가 쌓이질 않는 것이었다. 그저 음악을 틀어놓은 채 머리를 텅 비우고 즐겁게 동작을 펼쳤을 뿐인데 설거지할 그릇이 모두 제자리로 돌아가 있었다. 누가 몰래 도와줬나 의심스러웠다. 내가 그렇게 빨리 설거지를 한 줄도 몰랐다. 내 신기한 손놀림을 가장 먼저 발견한 건 주방장이었다.

"우리 주방에 설거지 왕이 강림하셨군. 오, 지저스!"

"무슨 소립니까?"

"내가 묻고 싶네. 어떻게 한 건가."

"그냥 닦았는데요."

그는 접시 하나를 내게 날렸다. 나는 그걸 받자마자 씻어서 그에게 돌려주었다. 찰나의 시간밖에는 소요되지 않았다.

"정말 놀라워. 바로 새 접시가 되어버렸어."

그때 웨이터가 자신의 상체 길이만큼 쌓인 접시들을 옮겨다 놓았다. 나는 스스륵 미끄러지듯 그 접시들 쪽으로 몸을 뻗었다. 의지가 곧 행동이 되는 움직임이었다. 그걸 닦기 시작하자 주방장이 또 외쳤다.

"저것 봐. 손이 안 보여! 암만 바빠도 다들 이리 와서 이 친구 하는 것 좀 보라고."

놀라웠다. 내 눈에도 손이 정말 보이질 않았다. 한 손으로 접시를 잡아 빙빙 돌리며 다른 손으로 세제를 묻힌 수세미를 빙그르르 돌리고 다시 접시를 뒤집어서 수세미질을 하기까지 채 일 초도 걸리지 않았다. 왕돈가스집에서나 볼 수 있는 크기의 메인 요리 접시를 말이다. 어떻게 하고 있는 건지 나도 잘 알 수 없었지만 몸과 마음의 모든 근육과 신경 줄기들의 메커니즘이 설거지라는 하나의 목적을 위해 연동하고 있는 기분이었다. 수세미에 세제를 묻히는 동작과 접시에 수세미가 잠깐 달라붙는 동작과 물에 헹궈내는 동작과 허리춤에 찬 마른 천으로 물기를 제거하는 동작이 마치 물 흐르듯 연결되면서도 힘과 속도와 우아함이 넘쳤다. 단순히 팔만 움직이는 게 아니라 신체의 모든 근육이 함께 리듬을 타고 있었다. 또 발가락 끝 부분만으로 땅을 디디고 있었다. 몸이 공중에서 살짝 들려 있었던 것이다. 몸을 써서 설거지를 한다기보다는 설거지를 하려는 의지를 보이는 즉시 그릇들이 스스로 그 의지 속을 슈웅, 통과해 막 깨끗해져버리는 것 같은 모습이었다.

"예술이네!"

"서커스야!"

"마술 같아!"

뒤에서 구경하던 요리사들이 한마디씩 했지만 나는 이제야 설거지 아티스트로 실존하기 시작한 것이라고 생각했다. 그때 한 요리사가 커다란 솥 하나를 내 앞에 가지고 왔다.

"멋져요. 분위기 깨서 미안하지만 이거 급해요."

나는 무겁고 커다란 그 솥에 의지를 발현했다. 솥은 아무렇지도 않게 들렸고 나는 설거지를 시작했다. 솥 아래에 소스가 눌어붙어 있어 나는 손가락 끝에 힘을 살짝 넣었다. 그러자 소스가 오, 내가 왜 여기 붙어 있지? 용서해줘. 알아서 꺼질게, 하고 말하는 듯이 후다닥 떨어져 나왔다. 철 수세미로 긁어야 할 게 그런 식으로 제거되는 것도 그렇고 아무래도 이상했다. 내가 수세미를 휘두르는 동안 솥은 공중에 떠 있었다. 초자연적 현상은 아니었다. 왼손으로 솥을 받치고 빠르게 회전시키면서 그 원심력을 이용해 수세미질을 하는 것이었는데 회전이 빨라 솥이 공중에 떠 있는 것처럼 보였다. 즐거웠다. 끝내 경지에 다다른다는 건 아주 즐거운 일이었다.

그 순간 나는 어딘가에 도달할 것 같은 느낌을 맛보았다. 한 발만 더 내디디면 아주 아름다운 곳에 갈 수 있을 것 같았다. 내가 인식했던 그 어떤 것들보다 아름다운 무언가가 내 눈앞에서 빙글빙글 돌고 있었다. 베토벤과 예테보리 록 밴드들의 장중한 음악들이 종합적으로 내 머릿속에 다른 차원의 문을 형성했다. 문득 팔꿈치로부터 한 줄기 지각이 뻗쳐 왔다. 나라는 존재가 스뽀오츠 정신과 일체된 선수가 되었다는 것이었다. 그제야 내가 궁극적으로 알고 싶었던 것을 알 것 같았다. 인생의 의미 말이다.

세상이 완전히 다르게 보였다. 내가 지금 하고 있는 일이 설거지가 아니라, 세상의 어떤 이치를 유지시키기 위한 태엽을 감는 행위처럼 느껴졌다. 내가 멈추면 그 태엽이 풀릴 것 같았다. 그 가치는 애당초 인간에게 설정된 한계를 서서히 무너뜨리려는 노력 같은 것이라는 생각이 들었다. 그리고 한계를 극복하고 조금이라도 나은 존재가 되기 위해 사람들이 각자의 자리에서 태엽을 감고 있는 게 느껴졌다. 절망과 부조리와 천박함과 추접함에 반대하는 행위였다. 또한 그 모습은 인간만이 지속할 수 있는, 인간에게만 부여된 의미였고, 인생만이 보여줄 수 있는 아름다움이었다.

정신을 차려보니 커다란 솥은 말끔한 모습으로 그 요리사 앞에 놓여 있었다. 그가 입을 벌린 채 내게 엄지를 추켜올리고 있었다.

주말이라 손님이 꽉 찬 홀에서 박수 소리가 들려왔다. 매니저가 스포트라이트로 나를 비추었고, 손님들 모두가 나를 바라보았다. 그들의 표정은 구회 말에 역전 홈런을 친 타자를 보는 것 같은 경의의 눈빛으로 빛나고 있었다. 나는 제정신으로 돌아와 그들에게 꾸벅, 허리를 굽혀 인사했다. 모자가 훌렁 벗겨졌다.

다시 허리를 세웠을 때, 나는 맨 앞에서 뜨겁게 박수를 치고 있는 누군가와 눈이 마주쳤다. 한눈에 누군지 알아볼 수 있는 사람이었다.

현희였다.

나의 아름다운 현희였다.

*

"프레데릭 라르손이라, 잘 알지요."

역시 그랬다. 그때 갑자기 사내가 거센 기침을 해댔다. 조금 전과는 비교할 수 없이 강렬했다. 그는 가슴께를 부여잡고 고통스러운 표정을 지었다.

"괜찮으세요?"

"크엑, 사뤠, 사례가 들렸을 뿐이오."

나는 사내의 컵에 물을 따라주었다. 사내는 그 물을 벌컥 벌컥 들이마셨다. 다행히 조금 진정되는 것 같았다.

"당신은 좋은 선수요. 아주 괜찮은 뭔가가 당신 안에 있는 게 느껴지오. 아름답소."

"아름답긴요, 세상에 선수가 얼마나 많은데요. 어쩌면 세상을 살아가는 사람들 모두가 선수인 것 같아요. 특히 아저씨는 엄청난 선수잖아요. 전 도저히 못 이기겠던데요?"

"아니요. 선수와 일반인은 가치관이 다르오. 게다가 술로는 선수의 경지에 다다를 수 없소. 툭하면 몸에 내상을 입기 일쑤고, 설령 엄청난 기록을 세우더라도 해마가 녹아내려 자신의 영예를 기억하지 못하는 쓸쓸한 종목이오. 하지 않는 게 좋소. 하지만 당신을 만나자마자 왠지 무척 겨뤄보고 싶었소."

"왜죠?"

"육감으로 당신의 정신력을 알아봤던 것 같소. 최근에 의사가 계속 마시면 더 이상은 곤란하다는 진단을 내렸고, 나도 건강을 위해선 이 짓을 그만둬야 한다고 결심했지만 당신을 보는 순간 마지막으로 진짜 선수와 상대해보고 싶다는 열망에 휩싸……."

사내는 말을 멈추고 가슴께를 부여잡더니 손수건을 급히 꺼내 기침을 했다. 손수건에 피가 배어 나왔다. 그는 신음 소리를 연이어 뱉어냈다.

"세상에! 그거 피잖아요?"

사내는 피를 뱉어내면서도 희미한 웃음을 짓고 있었다.

"하면……안 된다고 하는 것들을…… 하면…… 역시…… 재미가 있어……."

"병원에 가요. 구급차를 부를게요."

"괜찮소. 잠시 아름다움을 명상하면 되오."

내 눈엔 그런다고 진정될 것 같아 보이지 않았다. 나는 휴대폰을 찾았으나 집에 두고 왔다는 것을 알았다. 가게의 전화를 빌려 쓰려고 일어날 때 사내가 나를 잡았다.

"난 어릴 때부터 궁금했소. 피겨 스케이터가 왜 얼음판 위에서 빙글빙글 돌며 점프하는지, 왜 야구 투수들이 그렇게 팔이 빠져라 공을 던지는지 말이오. 내가 보기에 살아가는데 아무짝에도 쓸데없는 그런 동작을 잘하기 위해 왜 피나는 훈련을 거듭하고, 왜 처절한 땀을 흘리는 건지 몰랐소. 대체 그런 어려운 동작을 왜 하려고 하지, 라고만 생각했었소."

사내는 간간이 기침을 하며 말을 이었다.

"그건…… 아름답기 때문이오. 굳이 꼭 그렇게 하지 않아도 되는 것을 남들보다 수천 배 노력하면서 해내는 이유는 그게 아름답기 때문이란 말이오."

"알았어요. 그러니 어서 병원에 가요."

사내는 끝내 나를 만류했다.

"병원은 나 같은 탐미주의자를 업신여기오."

그 말을 끝으로 사내는 몸을 벌떡 일으켜 세웠다.

"이제 가야겠소."

그리고 사내는 단호하게 외투를 걸치고 가게를 빠져나갔다. 테이블 위에는 어느새 술값이 놓여 있었다.

집으로 가는 길에 나는 공중에서 잡힐 듯 말 듯 하는 공기 덩어리가 움직이는 걸 보았다. 거기서 무언가 흐른다는 걸 눈치 깔 수 있었다. 마음을 다해 힘껏 점프하면 닿을 수 있을 것 같았다. 문득 인간으로 산다는 게 아름답다는 생각이 들었다.

집에 돌아오자 누군가가 꼬치 따위로 팔꿈치를 쫑쫑 찌르는 느낌이 들었다. 발원지를 추적해보니 침대에 두고 간 내 휴대폰에서 발생하는 에너지였다. 뭔가 강력했다. 뭔가 뭉클했다. 뼹뼹뼹뼹 하는 소리와 진동이 일어나고 있었다.

현희에게 메시지가 와 있었다.

작품 해설

아티스틱 무림선수생활백서

정실비 (문학평론가)

1. 아직 선수가 아닌 당신에게

은밀하면서도 공공연한 질문이 유령처럼 대한민국을 떠돌고 있다. "당신은 갑인가, 을인가?" 사회적 불평등이 만연하면서, 애초 계약서상의 대등한 관계를 나타내는 용어에 지나지 않던 '갑'과 '을'은 '나'와 '너'의 관계를 '착취하느냐, 착취당하느냐'로 구분 짓는 잔혹하고도 간편한 용어가 되어버렸다.

그런데 우리 앞에 놓여 있는 이 소설은 우리에게 갑과 을을 묻지 않는다. 대신 천진한 표정으로 당신은 '일반인인가, 선수인가?'라고 묻는다. 선수라니, 난데없이 무슨 말일까. 박상은 의아해할 독자들을 위해 선수에 대한 정의를 마련해놓았다. 박상의 사전에서 선수란 "단순한 투지와 경쟁이 아니라 자신의 모든 걸 걸고 멋진 승부를 펼치는 사람들"(14쪽)이다. 그들은 게임을 지배하려는 의지를 지니고 페어플레이를 펼치며 갖가지 한계를 뛰어넘는 '스뽀오츠 정신'의 소유자들이다. 박상은 스뽀오츠 정신을 운동이라는 한정된 영역을 넘어서 '삶'이라는 거대한 영역으로 확산시키고자한다. 이러한 시도는 손쉽게 성취되는 것이 아니라서 아무래도 몇 가지 기술이 필요할 것 같다.

2. 마찰권법(摩擦拳法)

사실 이 소설은 '하나'의 소설이 아니다. 당신은 한 권의 소설을 집어 들었지만 사실 이 소설 안에는 또 하나의 소설이 살아 움직이고 있다. 프레데릭 라르손의 『예테보리 쌍쌍바』라는 소설이 그것이다. 이 소설이 불쑥불쑥 인용될 때

마다 진지한 한국 근대소설에 익숙한 독자들의 미간은 꿈틀
거렸을 것이다. 그도 그럴 것이 이 무협 소설은 시작부터 끝
까지 황당무계하기 짝이 없기 때문이다. 작가는 이 책의 전
체적인 줄거리를 다음과 같이 두 차례에 걸쳐 친절하게 요약
해주고 있다.

주인공 스벤손은 예테보리란 도시를 배경으로 이백 년간 라이벌
관계인 가문의 에릭손과 이십 년 동안 싸웠으나 승부를 가리지 못
한다. 그때 마침 아이스크림 파는 상인이 지나가는데 둘은 그 사람
을 불러 쌍쌍바를 사서 나눠 먹으며 긴 투쟁 관계를 청산하고 친구가
된다.(9쪽)

『예테보리 쌍쌍바』의 두 주인공은 정파와 사파로 나뉘어 서로 성
질이 전혀 다른 무공을 사용하며 점점 고수가 되어가는데, 전혀 융합
될 것 같지 않던 그 길의 궁극에 다다랐을 때 그들은 비로소 깨달음을
얻는다. 그것은 바로 서로의 무공이 너무나 닮아 있다는 것이었다. 어
떤 길로 왔건 궁극에 달한 것은 하나의 아름다운 지점에 도달하는 것
이다.(179쪽)

이 "극사실주의 무협 소설"의 주인공인 스벤손은 라이벌인 에릭손과 이십 년 동안 싸우면서 점점 고수가 되어간다. 그런데 이러한 스토리는 박상의 『예테보리 쌍쌍바』를 완독한 독자에게는 어딘가 익숙할 것이다. 스벤손과 마찬가지로 박상 소설의 주인공 신광택 역시 십 년 동안 각종 장애물과 싸우면서 평범한 '일반인'에서 독특한 '선수'가 되어가기 때문이다. 결말 역시 프레데릭 라르손의 소설과 박상의 소설은 유사하다. 박상의 소설이 끝나갈 때쯤, 신광택은 자신과는 '전혀 융합될 것 같지 않던' 길에서 자신과는 다른 방식으로 '선수'가 된 첫사랑 현희와 재회하기 때문이다. 그러므로 프레데릭 라르손의 소설은 주인공이 탐닉하는 책일 뿐만 아니라 주인공의 삶을 암시하는 책이라고 할 수 있다.

또한 이 소설에서 "프레데릭 라르손을 아십니까"라는 질문은 마치 암호처럼 '선수'의 세계를 존중하고 인정하는 사람들 사이에 은밀한 유대를 형성해준다. 그리하여 '선수'의 가치를 알아보는 고용주와 '선수'가 되고자 하는 고용인 신광택의 대화는 갑과 을의 대화가 아니라 고수와 그 고수의 가르침을 전수받고자 하는 제자의 대화처럼 들린다.

사실 박상은『이원식 씨의 타격 폼』(2009),『말이 되냐』(2010) 등에서부터 이미 대중적인 장르와 끊임없이 접속을 시도해왔다. 그래서 그의 소설에는 만화와 스포츠와 록(rock)이 혼재되어 있고, 간헐적인 비속어와 지속적인 구어체와 시시껄렁한 농담은 그러한 혼재 양상을 더욱 부각시키곤 했다. 이번 소설에서 박상은 통속적이고 상투적인 장르로 인식되곤 하는 '무협 소설'의 서사와 난해하고 진지한 장르로 인식되곤 하는 '근대소설'의 서사를 마찰시킨다. 무협소설은 정과 사의 대결 구도, 권선징악의 교훈, 속도감 있는 문체가 특징인데, 박상은 그러한 무협소설의 구도와 교훈과 문체를 차용하고 변용하여『예테보리 쌍쌍바』라는 이종 교배 소설을 내놓은 것이다.

　형식의 층위에서 이와 같은 부딪힘이 일어나고 있다면, 내용의 층위에서는 주인공의 주관적인 인식과 객관적인 현실이 부딪히고 있다. 작가는 주인공으로 하여금 부조리한 자본주의 사회를 '페어플레이가 펼쳐져야 할' 플레이그라운드로 인식하게 한다. 이러한 엉뚱한(그러나 진리에 가까운) 인식에 휩싸인 주인공은 냉혹한 갑을 관계마저 치열한 승부의 세계로 치환해버린다. 마찰은 이러한 치환이 유연하게 이루어지지 않을 때 발생한다. 가령 동료 배달원과 속도를 겨루던 그가 패하자 고용주는 그를 해고하려 하는데, 그런 고용주에게 신광택은 이렇게 되묻는다. "네? 친선 게임 한 판 졌다고 그만둬야 합니까?"(90쪽) 그러나 그런 그에게 돌아오는 대답은 고수의 대답이 아니라 고용주 '갑'의 대답이다. "널 자르는 게 지금 난조에 빠진 경영을 추스를 나의 마지막 카드란 말이다!"(92쪽) 사장의 대답은 독자에게 냉혹한 자본주의의 민낯을 보여주지만, 신광택의 이상 속에서 현실은 계속해서 플레이그라운드로 인식될 뿐이다. 그래서 그는 다른 곳에 취직한 뒤에도 여전히 다음과 같이 생각하고 행동한다.

　　도로에 적응한 나는 남들보다 신속, 정확하게 배송하는 능력이 탁월했다. 나는 이 일에서 일어나는 모든 갈등을 회피하기로 마음먹었다. 잘할 수 있는 건 어떻게든 가장 잘해야 한다. 그러기 위해서 태극권 개념을 도용했다. 물 흐르듯 부드럽게 흘려보내는 것이다. 나는 얌체 운전자가 끼어들어도, 심장이 철렁할 만큼 난폭 운전을 하는 미친 오뎅을 만나도 절대 분노하지 않고 단전으로 호흡하며 감정을 다

스렸다.(154~155쪽)

　배달 일을 하면서 태극권 개념을 도용하는 신광택의 모습
은 지나치게 진지해서 우스꽝스럽기까지 하다. 그리고 이러
한 인식과 현실의 마찰이 만들어내는 '아이러니'가 이 소설
을 계속해서 뼈아픈 유머로 충만하게 한다. 돈키호테가 '중
세 기사의 이상주의'를 품고 근대와 마찰을 빚을 때마다 근
대 세계의 진면목이 돌올했듯, 신광택이 '선수의 이상주의'
를 품고 자본주의 사회와 충돌할 때마다 이 세계의 부조리는
선명해진다. 박상은 의도적으로 신광택을 '대학 입시를 거부
한 고졸 비정규직 육체 노동자'로 설정하여, 든든한 학벌 없
이, 안정된 미래 없이, 오직 맨몸으로 세상을 살아가는 노동
자가 감당해야 하는 불합리와 편견을 고스란히 보여준다. 체
제 내에 포섭되어 자신의 지위를 유지하고자 하는 '속물'들
에게 신광택의 삶은 그저 실패한 '잉여'의 삶에 지나지 않을
것이다. 그러나 박상은 신광택의 삶을 통해 속물들에게 도
리어 이렇게 일갈한다. "인생의 성공과 실패는 하고 싶은 걸
하느냐, 하지 않느냐로 구분되어야 한다."(67~68쪽)

3. 광속권법(光速拳法)

이 소설에서 부조리한 세상을 다르게 살아보려는 움직임은 주류와 '다른 방향'으로 움직이는 일뿐만 아니라 주류와 '다른 속도'로 움직이는 일로도 추구된다. 신광택을 '다른 방향'으로 움직이게 하는 것이 '스뽀오츠 정신'이라면, '다른 속도'로 움직이게 하는 것은 '스피드 메탈 정신'이다. 박상은 소설가로서 첫발을 내디딘 순간부터 음악의 정신, 그중에서도 록의 정신을 소설에 도입해왔다. 그가 2006년에 등단작「짝짝이 구두와 고양이와 하드락」에서 썼듯이, 록 정신은 "세상의 모든 권위를 바싹 밀어버릴 수 있는" 정신이기 때문이다. 이번 소설에서는 스피드 메탈이다. 스피드 메탈은 빠르고, 미친 것 같으며, 그래서 위반과 일탈의 에너지를 뿜어낸다. 우리는 이 소설이 진행되는 내내 '미친 듯이 빠른 속도'에 대한 주인공의 끈질긴 집착과 작가의 집요한 묘사를 만나볼 수 있다.

주인공의 선수로서의 새출발은 세차 일을 하면서부터 시작된다. 세차의 '선수'가 되어가는 그의 모습은 마치 중요한 경기를 앞두고 훈련에 돌입한 선수와도 같이 진지하다. 박상은 신체와 정신을 목적에 맞게 훈육하는 과정을 구체적이면서도 속도감 있게 보여준다.

　팔다리의 근력이 늘자 빠른 걸레질이 가능했고, 요가를 병행하자 상당한 유연성이 생겼고, 식습관을 개선해 몸을 가볍게 만들자 순발력이 높아졌다. 그리고 멘탈을 조절했다. 세차는 대표적인 멘탈 스포츠였다. 거만하게 자동차 키를 던지며 하인 대하듯 지랄하는 손님들에게 심리적 데미지를 입지 않을 돌부처 같은 포용력을 가지고 있어야 했다. 거기에 더해서 강한 인내심도 필요했다.

　나는 그 모든 훈련을 꾸준히 해냈다. 술도 담배도 입에 대지 않았음은 말할 것도 없다.(39~40쪽)

　신광택에게 '빠름'은 단지 노동 속도만을 의미하는 것이 아니다. 신광택은 '빠름'을 '삶의 방법론'으로 삼는다. 그에게 '빠름'의 중요성을 일깨워주는 이원식 씨는 이렇게 말한다. "우리는 빨라야 돼. 빨라야만 이 재미없고 지루한 세상에서 탈출할 수 있어. 빨라야 시간을 지배하는 거야."

(49쪽) 신광택은 빨라짐으로써, '대학 입시'와 '군대'라는 재미없고 지루한 '단체경기'에서는 맛볼 수 없던 삶의 재미를 느낀다. 속도 경쟁은 온전히 스스로의 힘으로 스스로의 한계에 도전하는 능동적인 '개인경기'이기 때문이다.

이후에도 주인공은 자신의 신체와 정신을 각각의 직업을 만날 때마다 그 분야에 맞게 훈육하며 '속도'를 갱신한다. 중국집, 생수 회사, 도서 총판, 레스토랑 등 일터가 바뀔 때마다 그는 기존의 한계를 넘어서기 위한 진지한 탐구와 실천을 거듭한다. 그는 계속해서 너무나 진지하고, 또 진지해서 우스꽝스럽다. 세차 속도 겨루기, 오토바이 배달 속도 겨루기, 설거지 속도 겨루기, 그리고 '술 마시고 개 안되기 게임' 등 그가 진지하게 몰두하는 승부는 '속물'들에게는 아무 의미도 없는 한심한 '잉여짓'일 뿐이다. 그런데 박상은 이러한 '잉여짓'을 누구보다 진지하게 공들여 묘사하여 독자의 실소를 유발한다.

이렇듯 어처구니없는 상황에 진지하게 임하여 실소를 유발하는 박상의 전략은 2000년대 후반 새롭게 대두한 '병맛 코드'와 통하는 측면이 있다. '병맛 코드'는 스스로를 잉여라고 생각하는 젊은층들이 만들어낸 문화로, 주류의 일반적인 방식을 따르지 않고 어설픔과 형편없음을 내세워 대상을 냉소하고 자기를 비하한다. 박상은 이러한 병맛 코드를 살짝 변주한다. 박상은 신광택을 속물 되기에 패배한 잉여가 아니라 속물 되기를 거부한 자발적 잉여로 설정하여, 자기를 비하하지 않고 오히려 자기를 사랑하게 만든다. 그리하여 신광택이 잉여로서 '성공'할 때마다, 그의 삶은 속물적인 '자기계발' 담론에서 권하는 삶과는 점점 더 멀어진다. 자기계발 담론은 사회에서 살아남기 위한 처세술을 가르치며 자기를 오히려 소외시키지만, 신광택은 잉여가 됨으로써 오히려 자기의 삶을 산다.

그러므로 신광택의 기술은 자기 계발의 기술이 아니라 자기 배려의 기술이라고 할 수 있을 것이다. 자기 배려란 자기 자신의 신체와 영혼을 목적에 맞게 효과적으로 조정하며 자기를 '돌보는 것'을 의미하는 단어로, 이를 푸코는 '자기의 테크놀로지'라 불렀는데, 박상이라면 (이런 딱딱한 말은 집어치우고) 그냥 '자기의 <u>스뽀오츠</u> 정신'이라고 부를지도 모르겠다. 어쨌든 신광택은 이러한 '<u>스뽀오츠</u> 정신'을 끝까지 밀어붙여 결국 "기술과 기교와 힘과 역동성이 조화를 이루며 무언가를 극복하는 비현실적인 아름다움"(194~195쪽)을 찾아내고야 만다. 그는 타인과 경쟁하지 않고 스스로 아름다워짐으로써, 자족적이며 자립적인 아티스트가 된다. 그야말로 "병신 같지만 멋있어."라고 말할 만한 단계에 도달하는 것이다.

그러나 자족적이고 자립적인 아티스트라고 하여 그가 사회 현실로부터 고립된 탐미주의자인 것은 아니다. 오히려 박상 월드에서 아름다움의 추구는 자본주의 메커니즘에 속박되지 않는 실천적 방법론으로 기능한다. 신광택은 첫사랑 현희가 소유한 레스토랑에서 자신이 설거지를 한다는 사실을 알았을 때 돌연 부끄러움을 느끼는데, '갑'인 현희 앞에서 느낀 '을'로서의 부끄러움을 '설거지 아티스트'가 됨으로써 극복해내기 때문이다.

박상의 첫 소설집 추천사에서 "스코틀랜드 네스 호에는 괴물 네시가 산다. (……) 그리고 한국에는 박상이 산다. 꽤나 난감한 일이 아닐 수 없다."고 썼던 박민규는, 자신의 소설 『죽은 왕녀를 위한 파반느』에서 "자본주의의 바퀴는 부끄러움"이라고 적었다. 그리고 꽤나 난감하게도 한국에 살고 있는 박상은 부끄러움을 폐기해버릴 수 있는 힘을, 그리하여 자본주의의 바퀴에서 빠져나올 수 있는 힘을, '아름다움' 에서 찾아낸다. 박상은 부끄러움을 주고받는 절대적인 갑을 관계를 스뽀오츠 정신으로 교란하고 상대화하다가 종국에는 아티스트 정신으로 무화해버린다. 그래서 소설이 끝나갈 때쯤 우리는 '당신은 일반인인가, 선수인가'라는 황당한 질문이 사실은 '당신은 자기를 돌보며 살고 있는가'라는 존재의 윤리를 건드리는 질문이자, '당신은 아름답게 살고 있는가' 라는 존재의 미학에 다가서는 질문이었다는 사실을 깨닫게 된다.

4. 아마도 선수일 당신에게

여기까지 읽고 나서도 삶에 지쳐 있는 당신은 '선수의 삶' 같은 건 소설에나 있는 것이라며 고개를 내저을지도 모른다. 남들과 다른 방향과 속도로 살아가는 일은 평범한 당신에게는 영영 일어나지 않을 일이라고 미리 단정 지을 수도 있다. 그러나 박상의 궁극적인 목적은 선수와 일반인을 구분지어 버리는 것이 아니다. 그러한 구분은 본론을 펼치기 위한 사전 준비 작업에 지나지 않는다. 소설을 끝까지 읽고 나면, 우리는 박상이 하려는 진정한 작업이 일반인에게서 선수의 잠재력을 발견하고 끌어내는 일이라는 것을 눈치채게 된다.

그래서 우리는 신광택이 보여주는 인식의 변화를 좀 더 섬세하게 따라가볼 필요가 있다. 신광택은 "월급을 탄다는 건 모멸감을 견디는 거다."(142쪽)라고 말하는 자신의 아버지를 처음에는 전혀 이해하지 못한다. 그러나 여러 일터를 전전하며 그 자신 역시 '견딤'의 시간을 보내고 나자, '견디는 일' 역시 위대한 일임을 알게 된다. 그리고 결국에는 깨닫고야 만다. 아버지가 그저 모멸감을 견디는 수동적인 인간이 아니라 "한계를 극복하고 그라운드에 남은 선수"라는 것을. 그러므로 신광택은 오만하고 자폐적인 선수가 아니다. 그는 순진하고 개방적인 마음으로 다른 이들의 삶도 자신의 삶만큼이나 편견 없이 바라본다.

이처럼 박상은 '남다른 비속어'와 '남다른 농담'을 섞어서 우리에게 '남다른 삶'을 제시하지만, 거기에서 멈추지 않고 '남과 다르지 않은' 평범하고 팍팍한 삶도 따뜻하게 보듬는다. 되짚어보면 작가가 과잉된 수사로 상찬해 마지않았던 '선수'들은 모두 우리 주변에서 만나볼 수 있는 평범한 사람들이기도 하다. 속도의 가치를 알고 손 세차의 선수들을 길러냈던 이원식 씨, 도서 도매상에서 기계보다 빠르게 노끈을 묶던 아저씨는 특별한 사람들이기 이전에 지난 시대 각자의 플레이그라운드에서 땀 흘리던 우리의 아버지들이기도 하다. 박상은 기계화, 자동화라는 냉정한 자본주의의 파도에 떠밀려 가버린 이전 세대의 인간 군상을 다시 수면 위로 떠오르게 하고, 잊힌 그들을 다시 경탄의 눈으로 바라보게 한다.

그렇다면 선수란 특별한 곳에 존재하는 기이한 존재가 아닐 것 같다. 오히려 "어쩌면 세상을 살아가는 사람들 모두가 선수"(206쪽)일지도 모른다. 이쯤에서 프레데릭 라르손의 소설 『예테보리 쌍쌍바』를 다시 떠올려보자. 그 소설에서 정파와 사파로 나뉘어 싸우던 두 사람은 결국 자신들의 무술이 닮아 있다는 사실을 깨닫게 된다. 그리고 우리 역시 박상의 소설이 끝나갈 때쯤 깨닫는다. 우리가 각자 다른 곳에서 경기를 하고 있다 해도, 어쨌든 포기하지 않고 경기를 하고 있는 '선수'이므로, 서로 '쌍쌍바'처럼 닮아 있다는 것을.

그러므로 삶의 악의적인 발길질에 얻어맞아 한참을 고꾸라져 있던 당신이 애써 침착한 표정으로 일어났을 때, 혹은 삶이 당신을 경기에조차 끼워주지 않아 홀로 웅크려 있다 가까스로 용기를 내어 일어났을 때, "당신이 어떤 길로 왔건", 박상은 그럴 줄 알았다는 표정으로 다가와 이렇게 능청스럽게 말을 걸지도 모른다. "선수시죠?"

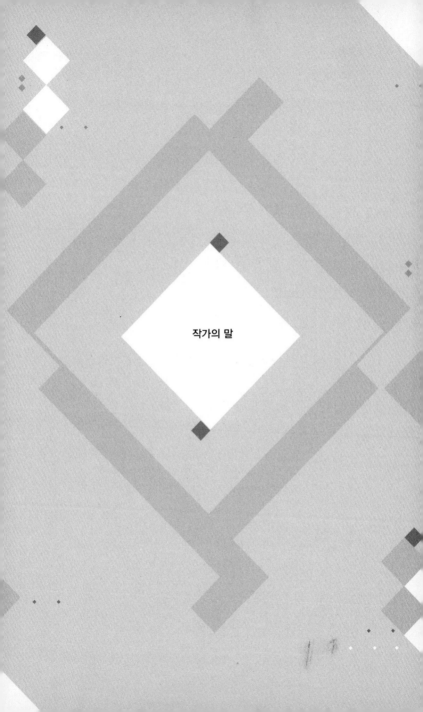

작가의 말

예테보리에 가고 싶다.

솔직히 예테보리가 어디에 존재하는 도시인지

모름.

솔직히 도시인 줄도 몰랐음.

내가 모르는 곡물인 줄 알았지 뭐요.

솔직히 쌍쌍바를 안 사 먹은 지도 좀 됐음.

그래서 소설 제목을 이렇게 하면 딱 좋겠다며

양팔을 발딱 세웠던 거요.

소설이란 쌍쌍바 같은 건지도 모름.

마음먹은 대로 딱 떨어지질 않음.

아마도 정확하게 쪼개지면 재미없을 거요.

어쨌거나 타조는 날지 않아도 괜찮음.

꽤 빠르잖소?

벌판에네번째책을올려놓소삼년공백이있었소그동안스뽀오츠정신이라곤없었소소주를많이마셨소

갈수록개판이되는소설가는안멋지잖아웃기면다된다고믿으면안웃기잖아술주정을일삼았소

면상이고펜이고세울수없는처량한처지였소소설로부터마구달아났소

한꽃나무를위하여그러는것처럼나는참그런이상스러운흉내를내었소

어느날영혼없이아무아르바이트나하며숨어있는내가너무부끄러웠소

부끄러우면잽싸게발전하면되지않겠소열심으로꽃을피울

생각을안하는것처럼펜을놓기바쁘면열심으로꽃을피워가
지고섰을수없지않소

이번소설엔조금씩발전해나가는캐릭터를만들기로작심했
고그에게이런저런일을시켜보았소신광택은뭘이런걸다시키
나힘들어했지만그과정에서내게많은질문과대답과메시지들
을전송해왔소그것들은퍽쓸쓸했지만꽃나무는제가생각하는
꽃나무에게갈수있을지도모른다는실마리를얻는데충분했소

이제는무관심과비난과가난에도달아나지않을것이오스뽀
오츠정신으로글쓰고한계를넘고경지에달하는게이길을택한
자의최선아니겠소미친듯이아름답게말이오그래야다시는부
끄럽지않을것이오

내소설을읽어주는사람들에게막대한감사와사랑을보내오

돈은없어서못보내오

<small>* 이상의 시 「꽃나무」를 일부 인용하거나 패러디했소.</small>

아잉 안되겠다, 작가의 말 4차 도전

Thanks to

우울이 누적되지 않도록 함께 싸우는 행신동 리얼리티 쇼 멤버들

뽀삐, 피피, 범준범준, 미오키사마

무대뽀 정신을 깜빡하지 않게 해주는 목요소주회 이시용, 닭

종종 갑각류를 사줘 감각을 살려주는 고남일

항상 공기밥을 서비스로 주시는 틈새라면 홍대점 사장님

하나뿐인 아들이 문학을 좋아해서 늘 가엾은

어머니…… 아버지…….

박상

부산, 서울, 런던, 속초, 치앙마이, 안드로메다, 고양시 등지에 살며
태어나거나, 술 마시거나, 연애하거나, 소설 쓰거나, 꿈꾸거나, 절망함.

현재는 네덜란드 암스테르담 스뿌으거리(Spuistraat) 근처의 운치 있는
하우스 보트에 거주하며
네덜란드 MECS(Ministry of Education, Culture and Science)에서 추진하는
힉스입자 스토리 공모 프로그램에 한국인 최초로 선정되어
비싼 물가와 향수병을 참으면서
소립자에게 질량을 부여하는 콘셉트의 창작 작업에만 몰두
하고 있지 않음.

사실 고양시 행신동 인근에서 더치페이만 일삼고 있음.
소설가란 그럴듯한 거짓말을 잘 지어내야 한다는 점이
솔직히 마음에 들지 않음.

부끄러움을 많이 탐.

*

2006년 「짝짝이 구두와 고양이와 하드락」이라는 단편소설로
《동아일보》 신춘문예에 당선되어 등단했지만 주목을 받지 못하다,
첫 소설집 『이원식 씨의 타격 폼』을 출간한 뒤
더욱 주목받지 못함.
야심차게 중간문학을 표방한 첫 장편소설 『말이 되냐』를 출간한 뒤
비로소 대중과 평단의 중간에도 못 끼는 작가가 됨.

오기와 근성과 록 정신과 찌질함으로 써낸 두 번째 장편소설
『15번 진짜 안 와』를 출간한 뒤
새삼스럽게 다시 전혀 주목받지 못하게 됨.

솔직히 주목받으려고 소설 쓰는 게 아니라서 괜찮음.

다만 재미있는 이야기를 들려주고 싶다는 꿈에
늘 주목하고 있음.

만약 누군가 단 한 명이라도 여전히
듣고 싶어 한다면.